Explorer un Vietnam inexploré

Une expédition de 8 jours

Translated to French from the English version
of

Exploring Uncharted Vietnam

Spondon Ganguli

Ukiyoto Pubishing

Tous les droits d'édition mondiaux sont détenus par

Ukiyoto Publishing

Publié en 2024

Contenu Copyright © Spondon Ganguli

ISBN 9789364949361

Tous droits réservés.
Aucune partie de cette publication ne peut être
reproduite, transmise ou stockée dans un système de
recherche documentaire, sous quelque forme que ce soit
et par quelque moyen que ce soit, électronique,
mécanique, photocopie, enregistrement ou autre, sans
l'autorisation préalable de l'éditeur.

Les droits moraux de l'auteur ont été revendiqués.

Ce livre est vendu à la condition qu'il ne soit pas prêté,
revendu, loué ou diffusé de quelque manière que ce soit,
à titre commercial ou autre, sans l'accord préalable de
l'éditeur, sous une forme de reliure ou de couverture
autre que celle dans laquelle il est publié.

www.ukiyoto.com

*Je dédie ce livre à ma fille bien-aimée,
Aaditri Ganguli.*

Remerciements

Je tiens à exprimer ma gratitude pour les bénédictions d'une puissance qui m'a donné la force, les connaissances, les compétences et les chances de documenter mon voyage au Viêt Nam. Ce pays remarquable a une histoire millénaire, marquée par des périodes d'occupation et de troubles politiques. Il émerge de l'ombre de la guerre du Viêt Nam.

Je tiens à remercier toutes les personnes que nous avons rencontrées au cours de notre aventure de 8 jours au Vietnam. Des aimables directeurs d'hôtels aux propriétaires de restaurants, en passant par les guides touristiques et les opérateurs perspicaces, les joyeux chauffeurs de taxi et les vendeurs de rue animés, chacun a apporté sa touche pour enrichir ce récit de voyage. Je remercie tout particulièrement Mme Phi et sa famille, mes amis vietnamiens sur les réseaux sociaux, dont l'invitation nous a permis d'explorer la beauté de leur pays - un voyage que je n'aurais jamais imaginé en partant de Kolkata.

On ne soulignera jamais assez le rôle crucial joué par les publications Ukiyoto dans la réalisation de cet ouvrage. Leur engagement inébranlable et leur travail acharné ont fait de mes rêves une réalité, ce dont je leur suis profondément reconnaissante.

Spondon Ganguli

Prologue

Qu'est-ce qu'un carnet de voyage ?

Un carnet de voyage est un récit de voyage qui vise essentiellement à donner aux lecteurs un sens du lieu d'une manière attrayante, unique et inspirante, en capturant les détails et les observations de son propre voyage, y compris des souvenirs et d'autres informations à partager avec d'autres.

Embarquer pour mon premier voyage à l'étranger en dehors du collage vibrant de l'Inde était une perspective excitante, remplie d'un mélange d'excitation et d'anticipation. En tant qu'éducateur désireux de percer les mystères de la connaissance et en tant qu'auteur passionné tissant des récits d'inspiration, la perspective de plonger dans les paysages enchanteurs et le riche patrimoine culturel du Viêt Nam m'a fait l'effet d'un chant de sirène.

Dans l'air vif de l'automne d'octobre 2018, ma femme et moi avons posé le pied sur le sol vietnamien, prêts à explorer un pays imprégné d'histoire, de traditions et de splendeur naturelle. Notre itinéraire promettait une aventure tourbillonnante, s'étendant sur huit jours exaltants et englobant quatre centres touristiques essentiels qui résument l'essence du Viêt Nam : Ho Chi Minh Ville, Hoi An, la baie d'Ha Long et Hanoi.

Le voyage à venir nous promettait de découvrir des joyaux cachés, de nous immerger dans des expériences culturelles diverses et de nous forger des souvenirs inoubliables avec pour toile de fond les paysages pittoresques du Viêt Nam. Chaque destination est un chapitre qui attend d'être écrit, une toile qui attend d'être peinte avec les couleurs vives de la découverte et de l'exploration.

À mesure que nous nous aventurions, que nous traversions des paysages urbains animés, des villes anciennes imprégnées de patrimoine et des merveilles naturelles sereines, chaque pas nous rapprochait de la découverte des subtilités de l'âme du Viêt Nam. De l'énergie trépidante des rues animées de Ho Chi Minh Ville à l'attrait intemporel des ruelles éclairées par les lanternes de Hoi An, de la beauté éthérée des eaux émeraude de la baie d'Ha Long à la tapisserie historique des temples anciens et des marchés animés de Hanoï, notre voyage promettait d'être une tapisserie d'expériences tissées avec des fils d'émerveillement et d'admiration.

Rejoignez-moi pour parcourir la mosaïque vibrante des paysages, des cultures et des traditions du Viêt Nam, en plongeant au cœur de ce pays captivant et en dévoilant les secrets que recèlent son passé historique et son avenir prometteur. Voici la chronique de notre odyssée de 8 jours, un témoignage du pouvoir transformateur du voyage et des horizons illimités qui attendent ceux qui osent explorer.

Contenu

Embarquement pour un voyage enrichissant au
Vietnam (du 15 au 22 octobre 2018)   2

~:Jour 1:~ Visite de Ho Chi Minh Ville (la deuxième
capitale du Vietnam, connue auparavant sous le nom
de Saigon)   8

~:Jour 2:~ Exploration du charmant delta du Mékong :
Un voyage de découverte   30

~:Jour 3:~ En route pour Hoi An - Là où la tranquillité
rencontre l'aventure.   49

~:Jour 4:~ Visite du pont d'or et des collines de Ba Na   53

~:Jour 5:~ Hanoi dévoilée : une journée de patrimoine
et de saveurs   64

~:Jour 6:~ Visite de la baie d'Ha Long   69

~:Jour 7:~ Retour à Hanoi   77

~:Jour 8:~ Retour à Kolkata   86

Épilogue   90

A propos de l'auteur   *113*

"La passion de l'aventure est au cœur de l'esprit vivant d'un homme. La joie de la vie vient de la rencontre avec de nouvelles expériences, et il n'y a donc pas de plus grande joie que d'avoir un horizon qui change sans cesse, d'avoir chaque jour un soleil nouveau et différent".

- Christopher McCandless

Embarquement pour un voyage enrichissant au Vietnam (du 15 au 22 octobre 2018)

La décision de visiter le Vietnam en octobre 2018, du 15 au 22, s'est avérée être une expérience vraiment enrichissante. Beaucoup se sont interrogés sur le choix de ma destination, m'incitant à préciser mes raisons. Ma décision a été motivée par deux raisons principales.

Tout d'abord, je me suis fait une amie vietnamienne, Mme Phi, éducatrice et actrice dans des séries et spectacles vietnamiens, par le biais d'un site de réseautage social, et nos échanges ont permis de découvrir la beauté exceptionnelle du Viêt Nam, tant sur le plan historique qu'en tant que destination touristique. Deuxièmement, je n'ai pas pu m'empêcher de remarquer les parallèles frappants entre mon pays d'origine, l'Inde, et le Viêt Nam. Les deux nations ont subi la domination étrangère et la colonisation, ont été marquées par la guerre et la dévastation, et continuent toutes deux à lutter pour le progrès et la prospérité. Cependant, ma visite au Viêt Nam allait bientôt révéler les différences subtiles mais significatives entre nos deux nations, que j'évoquerai plus en détail dans quelques instants.

Embarquons pour ce voyage du bonheur, en planifiant méticuleusement l'exploration de quatre destinations touristiques clés au Viêt Nam : Ho Chi Minh-Ville, Hoi An, la baie d'Ha Long et Hanoï. Il convient de noter qu'il n'y a pas de vols directs entre l'Inde et le Viêt Nam. Notre aventure a donc commencé par un vol de Kolkata à Ho Chi Minh Ville via Bangkok. Notre départ de Kolkata était prévu à 1 h 45 du matin, selon l'heure normale indienne. Il est important de mentionner que le Vietnam est en avance d'une heure et demie sur l'heure indienne. Le Viêt Nam partage le même fuseau horaire dans tout le pays, également connu sous le nom d'heure d'Indochine. Après un voyage d'environ 6 heures et demie, dont une heure d'escale à Bangkok, nous avons atterri à l'aéroport international Tan Son Nhat de HCMC à 10 h 17, heure locale.

Ho Chi Minh Ville, située dans le sud du Viêt Nam, est la deuxième ville du pays. Elle présente une ressemblance frappante avec Kolkata, car la rivière Saigon traverse la ville, tout comme le Gange traverse Kolkata. La ville était historiquement connue sous le nom de Saigon, mais elle a été rebaptisée après la guerre du Viêt Nam en l'honneur de Ho Chi Minh, un révolutionnaire et combattant de la liberté vénéré dans l'histoire du Viêt Nam. Ho Chi Minh a joué un rôle essentiel dans la guerre contre les États-Unis et dans la réunification du Nord et du Sud Viêt Nam.

Ce que j'ai appris sur le Viêt Nam après avoir visité et rencontré des gens sur place, ainsi que sur Internet, c'est que le Viêt Nam abrite une population diverse et dynamique, dotée d'un riche patrimoine culturel façonné par des siècles d'histoire, de traditions et d'influences. Voici quelques aspects clés du peuple vietnamien que j'aimerais partager dans mon livre :

L'ethnie : La majorité de la population du Viêt Nam appartient à l'ethnie Kinh, également connue sous le nom de peuple viet, qui représente environ 85 % de la population totale. Cependant, le Viêt Nam abrite également une mosaïque de groupes ethniques minoritaires, chacun ayant ses propres traditions, langues et coutumes. Parmi les principales minorités ethniques, on trouve les Tay, les Thai, les Muong, les Hmong et les Khmers.

Langue : La langue officielle du Viêt Nam est le vietnamien (TiếngViệt), qui fait partie de la famille des langues austroasiatiques. Il utilise l'écriture latine avec des diacritiques pour les tons. Les groupes ethniques minoritaires parlent souvent leurs propres langues, ce qui contribue à la diversité linguistique du pays.

Religion : Le bouddhisme est la religion prédominante au Viêt Nam, avec un nombre important d'adeptes du bouddhisme mahayana. Les autres religions pratiquées sont le taoïsme, le confucianisme, le christianisme (catholicisme et protestantisme) et les croyances et traditions indigènes.

Famille et société : La société vietnamienne met fortement l'accent sur les valeurs familiales et la piété filiale. Le respect des anciens et des ancêtres est profondément ancré dans les mentalités et les familles vivent souvent dans des foyers multigénérationnels. Les rôles traditionnels des hommes et des femmes prévalent encore dans de nombreux aspects de la société, bien que la modernisation et l'urbanisation aient entraîné des changements dans la dynamique sociale.

Cuisine : La cuisine vietnamienne est réputée pour sa fraîcheur, l'équilibre des saveurs et l'utilisation d'herbes aromatiques et d'épices. Les aliments de base sont le riz, les nouilles, les fruits de mer, le porc et divers légumes. Des plats comme le pho (soupe de nouilles), le banh mi (sandwich vietnamien) et les rouleaux de printemps ont acquis une renommée internationale.

Art et culture : Le Viêt Nam possède un riche patrimoine culturel qui s'exprime à travers des formes d'art telles que la musique traditionnelle (y compris le đàn bầu ou instrument monocorde), la danse (comme la gracieuse danse ao dài), les marionnettes sur l'eau et l'artisanat complexe comme la laque, la broderie sur soie et la poterie.

L'éducation : La société vietnamienne accorde une grande importance à l'éducation et met l'accent sur la réussite scolaire. Les taux d'alphabétisation sont relativement élevés et le pays a fait des progrès considérables pour élargir l'accès à l'éducation à tous les niveaux.

Activités économiques : L'économie vietnamienne est diversifiée, l'agriculture, l'industrie manufacturière, les services et le tourisme jouant un rôle important. L'agriculture reste importante, la culture du riz étant une denrée de base, tandis que les industries telles que le textile, l'électronique et le tourisme ont connu une croissance rapide au cours des dernières années.

Dans l'ensemble, les habitants du Viêt Nam sont connus pour leur résilience, leur hospitalité et leur forte identité culturelle, ce qui fait d'eux une partie intégrante de la tapisserie vibrante du pays.

"Les voyages vous laissent sans voix et vous transforment en conteur.

- Ibn Battuta

~:Jour 1:~ Visite de Ho Chi Minh Ville (la deuxième capitale du Vietnam, connue auparavant sous le nom de Saigon)

Nous avons séjourné à l'hôtel Eden Garden, 28/12 Bui Vien, Pham Ngu Lao Ward, District 1, Ho Chi Minh Ville.

La première chose qui m'a frappé, c'est qu'en dépit de la forte population de la ville, comparée à celle de leur pays, les gens du peuple conservaient des valeurs éthiques élevées, comme la propreté, et faisaient preuve d'humilité à l'égard des visiteurs. L'hôtel que nous avons réservé ressemble beaucoup à l'Esplanade de Kolkata, mais il est plus propre et mieux organisé. De nombreux lieux, mémoriaux, musées, temples et pagodes sont à visiter dans la ville.

Depuis l'aéroport international de HCMC, nous nous rendons à l'hôtel Eden Garden, 28/12 Bui Vien, Pham Ngu Lao Ward, District 1, Ho Chi Minh Ville. Comme j'avais réservé une visite guidée de la ville, à mon arrivée à l'hôtel Eden Garden, notre guide nous attendait déjà. Nous nous sommes rafraîchis et après avoir pris un petit déjeuner copieux dans un restaurant indien voisin, avec Aalu Paratha, sauce tomate, fromage blanc et salade, nous sommes partis pour la visite de la ville. Nous sommes montés dans la voiture et sommes partis à la découverte de la ville qui porte le nom du grand leader Ho Chi Minh.

Alors que le soleil commençait à jeter ses rayons dorés sur les rues animées de Ho Chi Minh Ville, notre journée d'exploration et d'aventure était prête à commencer. Nous avons fait appel aux services d'un guide local compétent et sommes montés dans un taxi confortable, prêts à nous embarquer pour une visite de la ville qui promettait d'être à la fois enrichissante et captivante. Notre première étape a été le musée des vestiges de guerre, un rappel poignant du passé tumultueux du Viêt Nam. En parcourant les expositions, j'ai été transporté à l'époque de la guerre du Viêt Nam. Les images obsédantes, les artefacts et les récits de résilience m'ont profondément impressionnée. Ce fut un début de journée sombre mais essentiel, qui m'a rappelé l'importance de la paix et de la diplomatie.

A la découverte du patrimoine historique du Vietnam : Le musée des vestiges de guerre

Lieu : 28 Ðuong Le Quy Ðon Phuong Situé au cœur du district 3, à Ho Chi Minh-Ville, le musée des vestiges de guerre est un symbole du passé du Viêt Nam. Géré par le gouvernement de Ho Chi Minh Ville, ce musée permet de comprendre les événements liés à la première guerre d'Indochine et à la guerre du Viêt Nam grâce à une série d'expositions.

L'histoire du musée remonte au 4 septembre 1975, date à laquelle il a été créé en tant que Maison d'exposition pour les crimes commis par les États-Unis et les marionnettes. Ce nom original reflète l'atmosphère chargée de la guerre du Vietnam caractérisée par une forte animosité à l'égard des États-Unis et de leurs alliés. Au fil du temps, le musée a changé de nom pour refléter les changements dans le climat du Viêt Nam et les relations internationales.

En 1990, il a été rebaptisé "Musée des crimes de guerre chinois et américains" afin de dénoncer les atrocités de la guerre à une échelle dépassant l'implication des États-Unis. Toutefois, une transformation significative a eu lieu en 1995 avec l'amélioration des relations entre le Vietnam et les États-Unis et la levée des sanctions américaines. C'est à cette époque que le musée a pris le nom de Musée des vestiges de guerre.

La décision de renommer le musée a marqué un changement, vers une approche reconnaissant les complexités de l'histoire tout en promouvant la guérison et la compréhension.

En entrant dans le musée des vestiges de guerre, les visiteurs sont accueillis par une histoire qui transcende les frontières et les croyances. Les galeries d'exposition offrent un aperçu de l'impact des guerres sur le Viêt Nam et ses habitants. Par le biais de photographies, d'objets, de récits personnels et de témoignages, le musée offre une vision émouvante. Une exploration parfois dérangeante des événements.

L'un des principaux objectifs du musée est de mettre en lumière le bilan de la guerre du Viêt Nam en montrant les souffrances endurées par les civils et les soldats. Les expositions mettent l'accent sur les effets de la guerre chimique, en particulier sur l'impact de l'agent orange sur des générations d'individus. En présentant des photographies, des documents et des histoires personnelles, les visiteurs peuvent saisir directement les effets de la guerre sur la santé et la nature.

Un autre aspect important de la collection du musée est sa représentation de la propagande de guerre et de la manière dont les médias ont influencé la perception en temps de guerre. Les visiteurs ont l'occasion d'examiner des documents de propagande provenant de points de vue impliqués dans le conflit, offrant ainsi un aperçu de la diffusion et de la manipulation de l'information à cette époque.

En outre, le musée des vestiges de guerre donne un aperçu des mouvements de guerre et de la solidarité du Viêt Nam avec d'autres nations luttant pour l'indépendance et la paix.

Les expositions du musée rendent hommage aux efforts des militants et des groupes qui ont soutenu la cause du Viêt Nam et plaidé pour la fin de la guerre.

En explorant les expositions du musée, les visiteurs sont confrontés aux réalités de la guerre. Vous serez également témoin de moments de force, de bravoure et d'optimisme. Le message principal du musée tourne autour du souvenir et de la réconciliation, invitant les visiteurs à réfléchir au passé tout en embrassant un avenir fondé sur la compréhension et la collaboration.

En résumé, le musée des vestiges de guerre est un symbole solennel mais crucial de l'histoire du Viêt Nam. Sa transformation d'un symbole de la colère de la guerre en un phare de la réconciliation reflète le cheminement du Viêt Nam vers la guérison et le progrès. En s'engageant dans ses expositions et en absorbant ses récits, les visiteurs apprennent à comprendre les complexités de la guerre et la résilience de la nature.

Lors de notre visite au musée de la guerre, nous avons été profondément émus par la galerie de photos représentant les victimes, y compris les femmes et les enfants, touchées par les conséquences de la guerre.

Notre prochaine étape a été le quartier chinois, qui met en valeur l'héritage culturel de Ho Chi Minh-Ville. Les couleurs vives des boutiques et les parfums délicieux des vendeurs de nourriture de rue m'ont transportée dans un autre monde.

Nous nous sommes promenés dans les rues pittoresques en nous arrêtant pour déguster la cuisine et en parcourant les marchés animés.

A la découverte de Cho Lon, le quartier chinois animé de Saigon

Emplacement : District 5, Ho Chi Minh Ville

Niché dans le tissu de Ho Chi Minh-Ville, Cho Lon est affectueusement appelé le "China Town" de

Saigon. Ce quartier animé, connu sous le nom de " marché ", invite les visiteurs du monde entier à s'imprégner de son atmosphère vibrante et de sa riche histoire culturelle.

Au cœur de Cho Lon se trouve l'énergique marché Binh Tay, une vaste place de marché qui incarne l'esprit du quartier. Situé sur le boulevard Tran Hung Dao, le long de la rive ouest de la rivière Saigon, Cho Lon est devenu un lieu de visite incontournable pour ceux qui explorent la ville.

Le charme de Cho Lon ne se limite pas à ses rues et à ses marchés animés ; il a également séduit les passionnés. Le roman autobiographique de Marguerite Duras, "L'Amant" (1984), immortalise Cho Lon en tant que décor d'une histoire d'amour, ajoutant une couche d'attrait à ce lieu déjà fascinant.

Pendant la journée, Cho Lon bourdonne d'activité, les commerçants et les acheteurs se livrant à des échanges au marché de Binh Tay. Cette partie essentielle du district offre une gamme de produits allant des délices à l'artisanat traditionnel. Pour les amateurs de cuisine, des restaurants renommés comme Aquatria, Dong Khanh et Bat Dat séduisent, avec des saveurs alléchantes qui représentent le paysage de Saigon.

À la tombée de la nuit, Cho Lon subit un changement captivant. L'éclat des néons illumine les rues, peignant un tableau à travers le quartier. Les visiteurs viennent en masse pour déguster la cuisine Hoa et savourer des plats tels que les boulettes de pâte Duong Chau, le riz frit et le tofu Tu Xuyen dans l'ambiance du soir.

Les week-ends sont très animés à Cho Lon, les habitants s'activant pour les festivités et les touristes s'imprégnant de l'ambiance. En revanche, les jours de semaine offrent un charme serein à ceux qui souhaitent explorer le quartier en toute tranquillité.

La visite du temple de Thien Hau est l'un des points forts de Cho Lon et permet de découvrir le patrimoine de la région. De nombreux circuits de Ho Chi Minh-Ville incluent Cho Lon dans leurs itinéraires, ce qui permet aux voyageurs de se plonger dans la tapisserie de Saigon.

Lors de notre excursion en groupe, nous avons découvert des trésors nichés dans les rues animées de Cho Lon. La dégustation de versions du pho et d'autres délices locaux a ajouté une saveur à notre voyage, le transformant en une expérience culinaire inoubliable.

Naviguer dans les rues de Cho Lon peut être à la fois exaltant et accablant ; avoir un guide compétent à ses côtés n'a donc pas de prix. Ils peuvent vous guider à travers les marchés pour que vous profitiez au maximum de votre exploration et de votre immersion culturelle.

Lorsque la nuit tombe et que les lumières de Cho Lon commencent à briller, le charme du quartier prend tout son sens. Rejoignez-nous dans cette aventure, où le riche mélange culturel de Saigon se déploie dans les rues animées et les marchés vivants de Cho Lon. Entrez dans le monde enchanteur de Cho Lon - un chapitre de l'histoire captivante de Ho Chi Minh-Ville.

Notre exploration nous a conduits au marché Binh Tay, où je me suis retrouvée entourée d'un éventail de couleurs, de fruits exotiques et d'objets artisanaux. Le marchandage de souvenirs avec les vendeurs a été une expérience inoubliable. Je suis repartie avec un sac rempli de trésors et une nouvelle admiration pour les marchés de la ville.

Le marché Binh Tay - Un centre dynamique dans le quartier chinois de Saigon

Emplacement : 57A Thap Muoi, Ward 2, District 6

Au cœur de Ho Chi Minh Ville se trouve le marché Binh Tay, qui fait partie de Cho Lon, également connu sous le nom de quartier chinois de Saigon. Cette ville marchande animée, située dans le district 6, offre un large éventail d'expériences aux voyageurs qui souhaitent s'imprégner de son atmosphère et de son offre culturelle.

Pour se rendre au marché Binh Tay depuis le Palais de l'Indépendance, il faut emprunter la rue Nam Ky Khoi Nghia, puis tourner dans la rue Vo Van Kiet. En tournant à droite dans la rue Ngo Nhan Tinh, vous arriverez à la rue Phan Van Khoe, où vous apercevrez l'énergie du marché sur le côté.

Le marché Binh Tay est ouvert de 7 heures à 18 heures et se transforme en une plaque tournante où vendeurs et acheteurs sont plongés dans l'ambiance. La forme bagua caractéristique du marché et sa conception spacieuse créent un cadre qui invite à l'exploration. Son allure architecturale, qui allie l'esthétique à la technique, est visible dans la tour centrale flanquée de symboles d'horloge synchronisés et de toits de tuiles travaillés de manière complexe.

Avec 12 portes à l'intérieur du marché Binh Tay et une entrée grandiose face à la gare routière de Cho Lon, 2 300 stands proposent un éventail de produits répondant à des préférences diverses - des articles ménagers et des épices aux accessoires de mode et aux bijoux. Le niveau inférieur du marché est rempli d'un assortiment de produits, tels que des ustensiles de cuisine, des épices, des textiles et des articles ménagers, tandis que l'étage supérieur présente une collection de vêtements de prêt-à-porter et de friandises.

En explorant les différentes sections du marché, vous découvrirez les épices et les fruits de mer de première qualité de Tran Binh, les produits alimentaires variés de Le Tan Kes et la zone de vente de produits alimentaires animée de Phan Van Khoe. Ne manquez pas de goûter aux plats proposés par les échoppes qui servent des mets traditionnels tels que le porridge, les pousses de bambou et les nouilles vermicelles, qui créent un délicieux mélange de saveurs.

L'un des principaux délices culinaires de ce marché est le Pha Lau, connu pour son bouillon et ses arômes alléchants, ainsi que le Bun Rieu, apprécié pour ses vermicelles préparés selon des recettes secrètes transmises de génération en génération.

Le marché de Binh Tay est une expérience à vivre, mais il faut savoir que la plupart des vendeurs vendent principalement en vrac ou en paquets. Les compétences en matière de marchandage peuvent s'avérer utiles pour obtenir des biens de qualité à des prix raisonnables. Naviguer dans les rues du marché peut être passionnant, c'est pourquoi la présence d'un guide expérimenté peut améliorer votre visite. En flânant dans les allées du marché Binh Tay et en dégustant ses spécialités culinaires, vous découvrirez l'esprit animé de Cho Lon et l'allure enchanteresse du quartier chinois de Saigon. Plongez dans la culture, savourez les saveurs et imprégnez-vous de l'atmosphère vibrante de ce marché emblématique.

Notre dernière destination matinale était le temple Thien Hau, un sanctuaire au milieu des rues animées. L'architecture détaillée et l'odeur de l'encens brûlant créent une atmosphère apaisante. J'ai fait une pause pour contempler et montrer ma révérence avant d'entamer nos escapades de l'après-midi.

Pagode Thien Hau - Une oasis de tranquillité au cœur de Ho Chi Minh-Ville

Emplacement : 705 Đuong Nguyen Trai, Phuong 11, District 5

Nichée dans le paysage urbain de Ho Chi Minh-Ville, la pagode Thien Hau est un havre de paix qui attire des voyageurs du monde entier en quête de réconfort spirituel. Ce sanctuaire sacré, chéri par les habitants et les touristes, met en valeur les joyaux de cette destination et permet d'échapper au rythme effréné de la ville.

En s'approchant de la pagode Thien Hau, les visiteurs sont captivés par sa particularité : un pendentif unique suspendu au-dessus de la pagode. Cette tradition particulière encourage les invités à écrire leurs souhaits ou leurs prières sur des anneaux de papier, qui sont ensuite suspendus avec des bâtons d'encens en guise d'offrande à Mme Thien Hau, ce qui ajoute une touche au voyage. Cette pratique souligne l'importance du temple dans la vie de la communauté de Saigon, qui se reflète dans tous les éléments apportés de Chine, y compris les bois précieux et les figurines complexes.

Situé dans la rue animée Nguyen Trai, le temple vous accueille avec une porte en fer qui mène à une charmante cour. De délicates statues de porcelaine embellissent le toit, avec des symboles et des contes, tandis que des répliques en bois de théâtres chinois et des lanternes contribuent à l'atmosphère paisible.

En entrant dans la cour partiellement couverte, on découvre un autel en l'honneur de Mazu, la déesse de la mer.

Des porte-encens sont disséminés dans l'ensemble de la zone, invitant les visiteurs à prendre part aux coutumes en vigueur. Le toit du temple est décoré de scènes captivantes en porcelaine représentant des moments d'une ville centenaire, avec des personnages divers et des récits historiques allant des sages immortels taoïstes aux guerriers légendaires tels que Guan Yu.

Au centre de la pagode Thien Hau, trois statues en bronze de la déesse attirent l'attention, leurs vêtements et leurs expressions paisibles apportant un élément au sanctuaire. Le parfum persistant de l'encens brûlé imprègne les environs, renforçant l'atmosphère de tranquillité et de calme qui enveloppe ce site, offrant un cadre propice à l'introspection et à la connexion spirituelle.

Pour les amateurs d'images, la pagode Thien Hau est un régal pour les yeux, ses éléments et sa profonde signification culturelle constituant un point focal captivant. L'attrait authentique du temple, de ses intérieurs soignés à sa cour, incite les visiteurs à en capturer l'essence par la photographie, afin de conserver un souvenir durable de ce profond voyage spirituel.

Lors de la découverte du Viêt Nam, il est indispensable de s'arrêter à la pagode Thien Hau, pour se faire une idée de l'héritage et de la grandeur architecturale du pays. Immergez-vous dans le charme du temple et dans sa profonde tranquillité. Vous garderez le souvenir d'un voyage immensément enrichissant qui transcende le temps et l'espace. Dans l'après-midi, nous sommes arrivés au Palais de l'Indépendance, également appelé Palais de la Réunification. Se promener dans ce lieu emblématique, c'est comme faire un voyage dans les années 1970. Les pièces et les objets conservés m'ont donné un aperçu du passé du Viêt Nam. Les vastes jardins et le palais majestueux se détachent de notre visite, tandis que le musée de la guerre illustre la force et l'avancée du pays.

Palais de l'Indépendance - Témoin des transformations historiques du Vietnam

Emplacement : 135, rue Nam Ky Khoi Nghia, quartier Ben Nghe, district 1

Situé au cœur de Ho Chi Minh-Ville, le Palais de l'Indépendance, également connu sous le nom de Palais de la Réunification, se dresse fièrement comme un repère précieux qui incarne le passé turbulent du Viêt Nam. Située au 135 Nam Ky Khoi Nghia Street Ben Nghe Ward, District 1, cette structure emblématique n'est pas une entité, mais une représentation vivante de l'histoire du Viêt Nam qui invite les voyageurs à se plonger dans son héritage culturel.

En s'approchant du palais, on est subjugué par sa splendeur, créée par Ngô ViếtThụ, qui capture admirablement l'essence des traditions. Servant à la fois de résidence et de centre administratif pour le président de la République du Viêt Nam, il est un symbole de gouvernance à certains moments de l'histoire vietnamienne.

Les visiteurs sont invités à explorer le palais de 7h30 à 11h30 et de 13h à 17h pour s'imprégner de son histoire. Le prix d'entrée est de 40 000 VND pour les adultes, 20 000 VND pour les étudiants et 10 000 VND pour les enfants ; des frais supplémentaires peuvent s'appliquer pour l'accès à des zones ou à des expositions.

La profonde pertinence historique du palais est mise en évidence par les événements du 30 avril 1975, lorsqu'un char de l'armée nord-vietnamienne a franchi ses portes lors de la chute de Saigon. Un événement qui a marqué la fin de la guerre du Vietnam.

Ce moment important, gravé à jamais dans l'histoire, a conduit le gouvernement révolutionnaire provisoire à faire du palais une salle de réunification, symbolisant l'unité du pays sous un gouvernement.

L'exploration du palais de l'Indépendance n'est pas une simple visite ; c'est un voyage dans le temps qui offre aux voyageurs et aux passionnés d'histoire la possibilité d'être les témoins de la résilience et de la transformation du Viêt Nam. Les murs résonnent de souvenirs d'événements qui invitent les visiteurs à honorer le passé de la nation et à découvrir la tapisserie culturelle du Viêt Nam. Il rend hommage à l'esprit du peuple et constitue un lieu de visite incontournable pour tous ceux qui souhaitent découvrir l'histoire complexe et le patrimoine dynamique de la nation.

Lors de notre visite à Ho Chi Minh Ville, nous avons retrouvé des traces de son passé colonial à la cathédrale Notre-Dame et à l'ancienne poste centrale. L'extérieur de la cathédrale et ses intérieurs exquis m'ont laissé sous le charme. Le charme architectural du bureau de poste et l'acte nostalgique d'envoyer des cartes postales ont créé des souvenirs qui resteront gravés dans ma mémoire pendant des années.

La cathédrale Notre-Dame - Un symbole de foi et d'histoire

Lieu : 01 Cong Xa Paris, quartier Ben Nghe, district 1

La cathédrale Notre-Dame, symbole de foi et d'histoire, se dresse fièrement dans le centre-ville de Ho Chi Minh Ville, au Viêt Nam. Connue sous le nom de Nhà ThờĐứcBà, en vietnamien, cette étonnante merveille architecturale attire les voyageurs désireux de découvrir le patrimoine chrétien et son importance culturelle. Construite entre 1863 et 1880, la cathédrale présente une architecture fascinante. Son impressionnante façade et ses hautes flèches présentent un mélange de styles gothique et roman qui captivent les visiteurs par leur grandeur. Se promener autour de la cathédrale Notre-Dame permet de s'imprégner de l'atmosphère de Saigon. Le magnifique parc 30/4 situé en face de la cathédrale offre un cadre paisible pour la réflexion. À côté, la poste centrale de Saigon et des centres d'affaires modernes allient le charme à l'énergie.

Une promenade tranquille du marché Ben Thanh à la cathédrale donne un aperçu du caractère de Saigon, des gratte-ciel aux édifices. Si vous avez de la chance, vous pourrez assister à l'envol d'un groupe de colombes, ce qui renforcera l'ambiance de la cathédrale. Pour les personnes intéressées, assister à une messe en anglais à la cathédrale tous les dimanches à 9h30 est l'occasion de participer au culte de la communauté chrétienne locale dans ce lieu emblématique.

La découverte du quartier de la cathédrale Notre-Dame révèle une activité intense. Commencez votre exploration au parc 30/4. Savourez une tasse de " café ", le favori local, dans le cadre serein du parc. Diamond Plaza offre une variété d'options de shopping tandis que les cafés, comme Trung Nguyen et Highland, offrent un cadre pour se détendre et profiter de la vue sur la ville. En ce qui concerne la restauration, les environs de la cathédrale Notre-Dame offrent un large éventail de délices. Ghem sert des plats de riz et du café, tandis qu'Ong Tam est spécialisé dans la cuisine saïgonnaise. Pour déguster un hotpot, rendez-vous à Lau Cong Chua, à l'étage de Diamond Plaza.

Un voyage à la cathédrale Notre-Dame ne se limite pas à une visite touristique ; c'est une immersion dans la culture, l'histoire et l'héritage spirituel de Saigon. C'est un lieu où le passé se mêle harmonieusement au présent, invitant les visiteurs à embrasser à la fois la sérénité de la foi et l'énergie dynamique de la ville.

Guide du voyageur pour l'ancienne poste centrale

Lieu : 2 Cong Xa Paris, Ben Nghe, District 1

Franchir les portes de l'ancienne poste centrale, à Ho Chi Minh-Ville, c'est comme faire un voyage dans le temps, à l'époque du Viêt Nam. Cette structure impressionnante, située dans le district 1, est un symbole de l'histoire du pays et d'une architecture étonnante. Conçu par Gustave Eiffel, le maître d'œuvre de l'emblématique Tour Eiffel de Paris, ce bâtiment historique a été construit entre 1886 et 1891, à l'époque coloniale. Au-delà de sa fonction de bureau de poste, il revêt une importance culturelle que tout visiteur se doit de découvrir.

Les éléments architecturaux complexes du gothique et de la Renaissance attirent immédiatement le regard à l'approche du bâtiment. L'imposant toit voûté, les délicats détails de ferronnerie et les fenêtres gracieusement cintrées créent un spectacle captivant qui laisse entrevoir la grandeur de l'édifice. En pénétrant à l'intérieur, on découvre un hall orné de cartes magnifiquement peintes représentant Saigon, Cholon et les environs. Ces cartes ne donnent pas un aperçu du passé. Ils sont également d'excellentes œuvres d'art.

Les cabines téléphoniques datant du XXe siècle sont un clin d'œil à l'histoire. Elles rappellent avec charme les méthodes de communication d'autrefois.

De nombreux visiteurs sont attirés par le portrait de Ho Chi Minh, figure du Viêt Nam moderne, qui ajoute un sentiment de respect à l'atmosphère et constitue un lieu de prédilection pour les photos.

Prenez le temps d'admirer les détails de l'ensemble du bâtiment, des volets en bois aux motifs décoratifs qui vous transportent dans le passé. Malgré son histoire, l'Old Central Post Office continue de fonctionner comme un bureau de poste, permettant aux visiteurs d'acheter des timbres, des cartes postales et même de poster des lettres depuis ce lieu emblématique. C'est une expérience de s'engager dans la coutume intemporelle d'envoyer du courrier tout en étant entouré d'une signification historique.

Dans l'enceinte de l'établissement, plusieurs boutiques et stands proposent des souvenirs, de l'artisanat local et des cartes postales, ce qui en fait l'endroit idéal pour découvrir des souvenirs ou des cadeaux qui vous rappelleront votre visite. Les visiteurs doivent savoir que l'ancienne poste centrale est ouverte tous les jours de 7h00 à 19h00 ; il est conseillé de la visiter le matin pour éviter les foules. L'entrée dans la salle est gratuite, mais l'accès à certaines zones ou l'exploration de la mezzanine peuvent être payants.

Que vous ayez un intérêt pour l'architecture, un amour pour l'histoire ou que vous soyez simplement un voyageur, une visite à l'ancienne poste centrale vous donnera un aperçu du passé colonial du Viêt Nam et vous entraînera dans un voyage nostalgique à travers le temps. Ce bâtiment emblématique vous laissera certainement des souvenirs et un nouveau respect pour le patrimoine culturel du pays.

Après avoir exploré la ville pendant la journée, nous avons décidé de prendre le temps de nous détendre à notre hôtel avant de sortir pour une promenade nocturne au coucher du soleil. La lune commence son ascension. Cette fois-ci, notre destination n'était autre que le marché Ben Thanh, qui incarne l'essence même de Saigon.

Le marché Ben Thanh - Un siècle d'esprit de Saigon

Emplacement : Le Loi, quartier Ben Thanh, district 1

Alors que le soleil commençait à descendre sous l'horizon, à Ho Chi Minh-Ville, mon épouse et moi nous sommes retrouvés complètement absorbés par l'ambiance du marché Ben Thanh. Les conversations animées des vendeurs présentant leurs produits, les parfums alléchants émanant des étals de nourriture de rue et l'éventail vibrant de produits proposés ont tous contribué à une expérience que nous étions impatients de découvrir.

Nous nous sommes promenés tranquillement dans les quatre entrées du marché, chacune révélant sa collection d'articles. L'entrée sud a attiré notre attention par sa sélection éblouissante de vêtements, de tissus et de bijoux. Ma femme a été captivée par les motifs des vêtements vietnamiens connus sous le nom d'Ao Dai, tandis que j'ai admiré l'habileté de l'exécution des bijoux faits à la main. En nous dirigeant vers l'entrée, nous avons été accueillis par l'arôme appétissant des délices vietnamiens préparés. Nous avons savouré un bol de pho fumant, une soupe de nouilles qui fait partie intégrante de la tradition culinaire vietnamienne. L'animation créée par les habitants et les visiteurs a ajouté à l'atmosphère du marché.

Alors que l'obscurité enveloppe le marché Ben Thanh, celui-ci subit une transformation captivante. Des étals illuminés éclairent les allées, jetant une lueur sur notre exploration nocturne. Nous sommes tombés sur un magasin d'antiquités niché dans un coin, dont les étagères sont ornées de trésors distinctifs reflétant le patrimoine diversifié du Viêt Nam.

Lors de notre visite au marché Ben Thanh, nous avons été attirés par une figurine sculptée représentant une scène traditionnelle vietnamienne. Le propriétaire de la boutique a raconté des histoires captivantes sur ses origines et sur le travail artisanal complexe qui en fait un souvenir spécial de notre époque. En explorant davantage le marché de nuit, nous sommes tombés sur des trésors cachés à chaque coin de rue. Des céramiques artisanales aux textiles en passant par les œuvres d'art locales, chaque pièce reflète la tapisserie culturelle du Viêt Nam. Incapables de résister, nous avons acquis un ensemble de tasses de thé en souvenir de notre soirée magique à Saigon.

Alors que nous disions au revoir au marché Ben Thanh, des souvenirs remplissaient nos cœurs et nos sacs débordaient de trouvailles. L'allure intemporelle du marché, son atmosphère vibrante et son offre variée ont marqué notre exploration du cœur de Ho Chi Minh-Ville. Notre aventure culinaire s'est poursuivie par un dîner dans un restaurant vietnamien où les saveurs du pays ont une fois de plus ravi nos palais, entourés de la chaleur d'une bonne compagnie.

En rentrant dans nos logements à la fin de la journée, dans le delta du Mékong, nous avons emporté avec nous des souvenirs précieux et des expériences enrichissantes.

Ce fut une journée remplie d'aventures, d'apprentissage de la culture et de dégustation de nourriture - une expérience mémorable à la découverte des paysages époustouflants et de la riche histoire du Viêt Nam.

"Où que vous alliez, vous devenez en quelque sorte une partie de vous-même.

- **Anita Desai**

~:Jour 2:~ Exploration du charmant delta du Mékong : Un voyage de découverte

Ce jour-là, nous sommes partis pour un voyage exaltant dans le delta du Mékong, situé au sud de Ho Chi Minh-Ville. Notre exploration nous a conduits à travers un labyrinthe de canaux, de champs, de vergers et de charmants villages qui définissent cette charmante région. Notre groupe était composé de 12 personnes originaires de différentes parties du monde. L'Espagne, l'Italie, les États-Unis, l'Indonésie et l'Inde. Notre guide, une femme qui ne parle pas couramment l'anglais, nous a donné des informations en toute confiance.

Visiter le delta du Mékong a toujours été une aspiration pour nous. Le jour de notre excursion, ma femme et moi avons entamé notre circuit classique dans le delta du Mékong avec beaucoup d'impatience et d'excitation.

Le circuit auquel nous nous sommes inscrits nous promettait une journée d'immersion dans la culture, de découverte de la beauté de la nature et de dégustation de mets délicieux - et nous étions ravis à l'idée de vivre tout cela. Notre aventure a commencé par une prise en charge à notre hôtel à Ho Chi Minh

Ville, où nous avons été chaleureusement accueillis par notre guide et nos compagnons de voyage. Le voyage vers le delta du Mékong a été un enchantement, avec des vues sur la campagne et les vastes rizières qui semblaient s'étendre à l'infini. Le célèbre bol de riz du Viêt Nam est à la hauteur de sa réputation.

Cependant, notre journée a commencé un peu plus tard en raison d'un malentendu. La visite devait commencer à 8 heures. Le temps. J'ai réglé par erreur mon alarme sur l'heure indienne, ce qui nous a retardés d'une heure et demie. Par conséquent, nous ne nous sommes réveillés qu'à 8 heures, ce qui nous a mis en retard pour le départ de l'excursion. Heureusement, nos compagnons de voyage ont été compréhensifs. Après nous être excusés auprès de tout le monde, nous avons réussi à monter dans le bus à 8h48. Pour rattraper le temps perdu, nous avons dû sauter le petit-déjeuner à l'hôtel. Au lieu de cela, nous avons eu l'occasion de prendre notre petit-déjeuner dans un café au bord de la route - avec des endroits parfaits pour prendre de belles photos.

Notre premier arrêt a été le bienvenu, au Mekong Rest Stop.

Nous nous sommes promenés, avons savouré quelques boissons et nous sommes préparés à l'aventure qui nous attendait. Nous avons ramassé quelques trésors locaux, comme de l'artisanat et des objets culturels qui représentaient magnifiquement le riche patrimoine du Viêt Nam.

Dès notre arrivée sur le Mékong, nous avons embarqué sur un ferry qui nous a emmenés au cœur de la région du delta. Le fleuve, comme le Gange, s'écoule avec ses eaux et est orné de maisons flottantes de pêcheurs indigènes. Il servait de moyen de transport dans cette localité. Deux îles distinctes se détachent sur la rivière. Nous avons débarqué sur l'un d'entre eux. En nous aventurant plus loin sur l'île, nous nous sommes engagés avec les habitants en dégustant des fruits et du thé, en appréciant leur musique et leurs chants et en capturant des moments précieux grâce à la photographie.

Ensuite, nous avons embarqué sur un bateau pour une croisière, le long des canaux de la région du delta. Les eaux tranquilles se reflètent dans la verdure sous un ciel bleu - un spectacle pittoresque en effet. En naviguant sur ces canaux, nous avons pu observer de près le mode de vie qui se déroulait sous nos yeux : les villageois vaquant à leurs occupations, les enfants jouant au bord de l'eau et les pêcheurs lançant habilement leurs filets.

L'un des moments forts de la croisière a été la visite d'ateliers locaux où l'on fabriquait des bonbons à la noix de coco et des gâteaux de riz croustillants. Nous avons été vraiment émerveillés de voir des artisans qualifiés présenter leurs talents. Nous avons même pu goûter quelques-unes des friandises qu'ils ont créées. Les vendeurs sympathiques nous ont raconté des histoires sur la vie dans le delta du Mékong, ce qui nous a aidés à comprendre et à respecter leur culture et leurs traditions.

Lors de notre voyage à travers les canaux du delta du Mékong, ma femme et moi avons eu le plaisir de rencontrer deux familles dont les histoires sont restées gravées dans nos mémoires, suscitant des discussions sur la joie et l'indépendance.

Une famille de Malaisie était composée d'une mère et de sa fille, ainsi que de sa belle-fille. Les trois femmes. Ce qui est exceptionnel dans leur voyage, c'est qu'elles ont laissé leurs maisons et leurs enfants à la garde de leurs maris pendant deux mois pour explorer l'Asie de l'Est. Ils ont parcouru les rues animées du Viêt Nam, découvert le charme du Japon et se sont imprégnés de la richesse de la Corée du Sud avant de rentrer chez eux. Il ne s'agissait pas de tester les capacités de leur mari à s'occuper des tâches ménagères et de l'éducation des enfants. Elle a également mis en évidence la confiance et le soutien solides qui existent au sein de leur famille.

Nous leur avons souhaité de rester en bonne santé et de tisser des liens d'amour et de complicité qui dureront toujours.

La deuxième famille, originaire des États-Unis, était composée d'un couple et des parents du mari. Leur voyage les a conduits à travers l'Europe et l'Asie pendant trois mois, avec une escale au Viêt Nam. Après avoir exploré l'Indonésie, ils s'intéressent maintenant à la culture du Viêt Nam et prévoient de visiter la Thaïlande et Dubaï avant de rentrer aux

États-Unis. Au cours de nos discussions, je les ai invités à découvrir les curiosités de l'Inde telles que le Taj Mahal, la sérénité de l'Himalaya, les plages ensoleillées de Goa, les paisibles backwaters du Kerala, les montagnes escarpées du Ladakh, les forts historiques du Rajasthan, les plaines fertiles du Gange, les Sundarbans mystiques et la charmante station de montagne de Darjeeling. Nous avons également échangé des points de vue sur la cuisine et l'artisanat indien, avant que le manque de temps ne mette un terme à notre conversation. Ils nous ont gentiment invités à visiter les États-Unis, ce qui a favorisé un sentiment d'amitié et d'exploration mutuelle.

Nos voyages nous ont également conduits jusqu'aux collines de Ba Na, où nous avons rencontré à l'improviste une famille des États-Unis, ce qui souligne la magie des rencontres fortuites et des moments partagés dans le monde du voyage.

Poursuivant notre voyage, une promenade dans un verger nous a permis de déguster une variété de fruits de saison tout en écoutant de la musique traditionnelle en arrière-plan. Les saveurs des fruits étaient vraiment délicieuses. Nous avons savouré chaque bouchée en écoutant les mélodies. La visite d'une ferme d'élevage d'abeilles a également été un moment fort. Nous avons appris les processus de production du miel. Nous avons goûté un thé chaud préparé à partir du miel de la ferme. Il s'agit d'une boisson distincte que nous avons beaucoup appréciée.

Notre prochaine escapade consistait à monter à bord de bateaux où cinq personnes, y compris le batelier, pouvaient s'asseoir dans une seule rangée. Cette partie de notre voyage était certes un peu angoissante, car aucun d'entre nous ne savait nager et le canal que nous avons traversé était profond, étroit et très fréquenté par les bateaux. Finalement, nous avons atteint notre destination au cœur du delta du Mékong où nous avons dégusté une cuisine pour le déjeuner. Le dîner, dans un restaurant de jardin surplombant la rive du delta du Mékong, a rendu l'heure du déjeuner encore plus spéciale. Le paysage rural était magnifique. Les spécialités locales que nous avons dégustées étaient un délice pour tous les sens.

Notre déjeuner sur la captivante traversée du Mékong a été un véritable chef-d'œuvre, un festin qui a ravi nos papilles et laissé une impression durable sur notre aventure culinaire. Entouré de verdure et d'un paysage fluvial paisible, notre groupe de douze personnes d'origines et de cultures différentes s'est réuni pour savourer une expérience gastronomique inoubliable. Le menu sélectionné mettait en valeur les saveurs de la cuisine vietnamienne avec un éventail de plats qui capturaient l'essence de la région. Nous avons commencé par une soupe de légumes réconfortante, remplie d'herbes et de légumes, qui a donné le ton à ce qui nous attendait.

Viennent ensuite les moments forts : le poulet et le poisson BBQ juteux, grillés à la perfection, chaque bouchée regorgeant de saveurs et d'épices aromatiques. Les rouleaux de printemps croustillants remplis de légumes ont ajouté de la texture à notre repas. Les crêpes de la spécialité vietnamienne (Banh Xeo) ont volé la vedette avec leur croustillant et leur garniture savoureuse, créant un mélange de textures et de goûts. Les légumes mélangés colorés ont apporté de la fraîcheur dans nos assiettes, ajoutant une touche à notre expérience gastronomique.

Savourer la combinaison du riz cuit à la vapeur avec des sauces et des saveurs riches a élevé notre expérience du déjeuner à un nouveau niveau de satisfaction. Un délicieux dessert aux fruits a servi de bouquet final, mêlant harmonieusement les saveurs pour clore notre somptueux repas. Au milieu des rires et des conversations animées, notre déjeuner s'est transformé en un souvenir symbolisant l'unité à travers la joie partagée de la nourriture qui transcende les clivages.

Après le déjeuner, nous avions un choix à faire ; certains membres de notre groupe ont opté pour une promenade à vélo tandis que d'autres, dont nous faisions partie, ont décidé d'explorer à pied les jardins fruitiers et les champs. Après avoir atteint notre point de rencontre, nous avons rejoint notre bus pour le voyage de retour vers Ho Chi Minh Ville.

Avant de partir pour HCMC, nous avons visité la pagode Vinh Trang, une fusion des styles architecturaux vietnamien, chinois et cambodgien. Les détails complexes de la pagode nous ont émerveillés tandis que nous nous promenions dans ses environs et que nous absorbions sa signification. En rentrant à Ho Chi Minh Ville, nous nous sommes remémorés les aventures de la journée, avec des souvenirs plein la tête. L'expérience que nous avons vécue lors de l'excursion classique dans le delta du Mékong a dépassé toutes nos espérances. Il nous a donné un aperçu de la culture et des paysages naturels étonnants de cette région captivante. Cette journée restera gravée dans nos mémoires comme un moment fort de notre voyage à l'étranger, nous laissant des souvenirs impérissables et une nouvelle admiration pour la beauté du Viêt Nam.

Le moment des adieux s'est lentement rapproché alors que nous retournions vers la ville. Les premiers à faire leurs adieux ont été les membres de la famille des États-Unis, dont les sourires chaleureux et les adieux sincères ont marqué le début de notre départ. En s'attardant dans le bus pour savourer ces moments partagés de notre voyage, une atmosphère de gratitude s'est emparée de l'air. C'était l'occasion d'exprimer notre reconnaissance aux organisateurs qui ont minutieusement planifié tous les aspects de notre voyage. Une mention spéciale a été attribuée à notre guide dont la présence constante et les explications informatives ont enrichi chaque partie de nos expériences.

De la compréhension des traditions à la navigation sur les marchés, notre guide nous a apporté un soutien indéfectible en veillant à ce que notre voyage aille au-delà de la simple visite touristique pour nous immerger véritablement dans l'essence de la région. Leurs connaissances allaient au-delà de la gestion de la logistique et comprenaient des suggestions de cuisine locale, de l'aide pour trouver des souvenirs et des histoires intéressantes sur l'importance historique et culturelle de chaque endroit que nous avons exploré. C'est avec gratitude et des souvenirs précieux que nous avons fait nos adieux à nos hôtes, reconnaissants pour leur engagement et leur chaleur qui ont fait de notre aventure dans le delta du Mékong une partie de notre histoire de voyage.

Promenade nocturne et dîner

Au retour de notre voyage dans le delta du Mékong, mon épouse et moi avons décidé de faire une petite pause à l'hôtel. Les moments de paix que nous y avons passés nous ont permis de réfléchir à la profondeur de nos expériences. Nous étions loin de nous douter que notre moment de tranquillité serait interrompu par une surprise.

Mme Phi, une amie de mon entourage, s'est gentiment rendue à notre hôtel pour nous accueillir. Le directeur de l'hôtel, très attentif, nous a rapidement prévenus de son arrivée. Il a veillé à son confort dans la salle d'attente jusqu'à ce que nous puissions nous réunir. Tout excités, nous nous sommes dirigés vers le salon où nous avons été accueillis par son sourire chaleureux. Mme Phi, fraîche d'une journée de travail, dégageait un sentiment de familiarité et d'amitié.

Malgré les barrières linguistiques qui rendaient la communication difficile, notre directeur d'hôtel astucieux s'est porté volontaire pour servir de traducteur, comblant ainsi le fossé entre les langues et permettant à notre conversation de se dérouler sans heurts. Notre rencontre a pris tout son sens lorsque nous avons échangé des cadeaux représentant l'essence de nos cultures. Des vêtements colorés en coton imprimé Batik de Shantiniketan à une idole de Bouddha en laiton de 5 pouces, nous avons offert à Mme Phi des souvenirs symbolisant notre voyage en Inde. Nous avons dégusté un éventail de sucreries et d'en-cas de Kolkata, en savourant les saveurs de notre patrie.

Les rires et la joie remplissent l'air tandis que nous nous régalons de ces friandises et que nous discutons malgré la barrière de la langue. Le langage universel de l'hospitalité et de l'amitié a trouvé un écho profond. Bien que Mme Phi nous ait gentiment invités chez elle, notre emploi du temps chargé nous a conduits à décliner l'invitation. Après avoir fait nos adieux à Mme Phi, qui est partie le cœur joyeux, nous avons poursuivi nos projets en gardant le souvenir d'une soirée passée avec de nouveaux amis à l'hôtel Eden Garden.

Au coucher du soleil, nous avons terminé notre journée par deux expériences : un spectacle de marionnettes sur l'eau et un dîner spécial dans un restaurant flottant. Les marionnettes sur l'eau font partie du patrimoine culturel du Viêt Nam. Une représentation vivante de son histoire et de sa culture.

L'observation de cette forme d'art nous a permis de mieux comprendre la vie et les traditions.

Guide du voyageur pour le spectacle de marionnettes sur l'eau

Lieu : 55B Nguyen Thi Minh Khai, quartier Ben Thanh, district 1

Alors que le soleil se couche sur les rues animées de Ho Chi Minh-Ville, je sens monter mon excitation à l'idée du voyage culturel qui m'attend : le spectacle de marionnettes sur l'eau. Situé au cœur de cette ville, le spectacle semblait offrir une expérience unique et captivante qui fusionnait la tradition, l'art et le divertissement d'une manière unique dans la culture vietnamienne.

Le cadre de ce spectacle n'était autre que le Golden Dragon Water Puppet Theater, un nom qui évoque des images d'histoires anciennes et de spectacles mystiques. Alors que mon épouse et moi nous dirigions vers le théâtre, nous avons été accueillis par les airs de musique vietnamienne qui flottaient dans l'air et qui donnaient un ton d'impatience et de curiosité. En entrant dans le théâtre, nous avons été immédiatement frappés par son ambiance. Les détails architecturaux traditionnels vietnamiens, ornés de sculptures et de décorations de bon goût, ont ajouté à l'attrait de notre soirée. La salle bourdonnait de conversations entre les membres du public - locaux et visiteurs - tous impatients de voir cette forme d'art intemporelle prendre vie.

Les lumières tamisées et les rideaux tirés, nous nous sommes retrouvés emportés dans un royaume de magie et de fascination.

L'eau miroitante, sur la scène, scintille doucement sous la lumière des projecteurs, préparant le terrain pour l'apparition de la marionnette. Il se déplace gracieusement à la surface de l'eau, comme s'il était guidé par la magie. Le spectacle s'est poursuivi par une série de scènes illustrant chacune des aspects du folklore vietnamien, de la mythologie et de la vie quotidienne. Des enfants du village chassant des papillons aux batailles entre héros légendaires et êtres mythiques, les marionnettes ont été fabriquées de manière experte, captivant notre imagination et nous immergeant dans les histoires dépeintes.

L'une des parties du spectacle était une danse traditionnelle du dragon mettant en scène une magnifique marionnette de dragon émergeant des profondeurs de l'eau, ses écailles vibrantes brillant sous la lumière des projecteurs. Les mouvements complexes du dragon, habilement manipulés par les marionnettistes en coulisses, ont donné vie à cette créature de manière hypnotique et enchanteresse. Tout au long de la représentation, la musique en direct a servi de toile de fond, ajoutant des couches d'émotion et de profondeur aux marionnettes présentées. Les mélodies des instruments comme le đàn bầuet les flûtes de bambou ont rempli l'auditorium et nous ont transportés dans le patrimoine vietnamien. Lorsque les dernières scènes se sont déroulées et que la dernière marionnette a disparu sous la surface de l'eau, un tonnerre d'applaudissements a éclaté dans le public, marquant la fin d'une soirée.

Mon conjoint. J'ai chuchoté avec enthousiasme en me remémorant les moments du spectacle et en admirant l'habileté et l'imagination des marionnettistes.

En quittant le théâtre, nous n'avons pas emporté le souvenir d'un spectacle captivant, mais un respect plus profond pour la culture vietnamienne et la beauté intemporelle des marionnettes sur l'eau. Le spectacle de marionnettes sur l'eau à Ho Chi Minh Ville a été un véritable moment fort de notre voyage, un trésor qui a touché nos cœurs et nos esprits. L'art des marionnettes sur l'eau à Ho Chi Minh Ville est une expérience culturelle qui captive les voyageurs. Datant du siècle dernier, cet art traditionnel vietnamien s'est transformé en une exposition captivante qui célèbre le riche patrimoine et les légendes de la nation. Voici votre guide pour explorer le monde des marionnettes sur l'eau lors de votre voyage à Ho Chi Minh Ville.

Voici quelques informations supplémentaires sur les spectacles de marionnettes à Ho Chi Minh Ville :

Situation et lieu: Le théâtre de marionnettes sur l'eau du Dragon d'or est un haut lieu de cette forme d'art à HCMC, situé au 55B Nguyen Thi Minh Khai, Ben Thanh Ward, District 1. Ce lieu connu est le théâtre d'une expérience de marionnettes sur l'eau, mêlant l'art, la musique et la narration dans une présentation théâtrale unique.

Points forts du spectacle: Les marionnettes sur l'eau sont un spectacle captivant qui se déroule sur une scène aquatique et met en scène des marionnettes artisanales qui dansent au rythme de la musique traditionnelle. Les marionnettes colorées, méticuleusement conçues, prennent vie sur la toile de fond d'un plan d'eau tranquille. Bien que le récit soit présenté en vietnamien, les histoires dépassent les barrières linguistiques en transmettant des récits de vie, des légendes et des mythes à travers les mouvements et les gestes des marionnettes. En entrant dans le théâtre, vous pouvez vous attendre à être accueilli par une atmosphère remplie d'excitation. Le spectacle dure généralement de 45 minutes à une heure, au cours de laquelle on peut assister à ce qui suit :

1. Marionnettes colorées : Les couleurs vives et les dessins détaillés des marionnettes représentent des personnages du folklore qui ajoutent une touche au spectacle.

2. Musique traditionnelle : La musique traditionnelle jouée en direct sur des instruments crée une ambiance envoûtante qui complète l'art de la marionnette.

3. Raconter des histoires : L'utilisation de marionnettes pour raconter des histoires est une

forme d'art qui attire des publics de tous âges, que ce soit par le biais de sketches ou de légendes captivantes.

Voici quelques conseils utiles pour une expérience enrichissante :

1. Réservation : Veillez à réserver vos billets à l'avance pendant les périodes de forte affluence touristique afin de garantir leur disponibilité.
2. Heure d'arrivée : Arrivez tôt au théâtre pour vous installer dans votre siège et vous imprégner de l'atmosphère du spectacle.
3. Photographie : Bien que les flashs soient généralement interdits pendant le spectacle, n'hésitez pas à immortaliser des moments particuliers avant ou après le spectacle.
4. Aide linguistique : Familiarisez-vous à l'avance avec les thèmes ou les intrigues du spectacle pour mieux le comprendre et l'apprécier.
5. Informations sur les billets : Pour connaître les prix des billets et les places disponibles, visitez le site web du théâtre ou contactez-nous directement.

Assister à un spectacle de marionnettes sur l'eau au Golden Dragon Water Puppet Theater est un voyage dans les traditions et le folklore du Viêt Nam. Il s'adresse aussi bien aux passionnés d'histoire qu'à ceux qui recherchent des expériences de divertissement uniques. Ne manquez pas cette exposition lors de votre visite à HCMC pour une immersion dans le monde envoûtant des marionnettes sur l'eau vietnamiennes. Le spectacle de marionnettes sur l'eau était vraiment fascinant, mettant en valeur les compétences et les contes traditionnels par le biais de danses de marionnettes sur l'eau. La combinaison de la musique, des marionnettes vibrantes et des marionnettistes compétents a créé un spectacle vraiment captivant.

Ce soir-là, nous nous sommes rendus dans un restaurant flottant sur la rivière Sai Gon pour dîner. Tout en savourant les plats, je me suis laissé hypnotiser par le scintillement des lumières de la ville et l'écoulement paisible de la rivière. C'était la conclusion d'une journée remplie d'exploration et d'immersion dans la culture.

Alors que nous rentrions à l'hôtel Eden Garden, j'ai pris le temps de réfléchir aux expériences de la journée. Ho Chi Minh Ville nous a accueillis à bras ouverts, nous faisant partager son histoire et nous promettant des aperçus de son passé, de son présent et de son avenir. Cette journée a été un voyage rempli de découvertes et de délices culinaires qui resteront à jamais gravés dans nos mémoires. Ho Chi Minh Ville, vous avez vraiment volé nos cœurs.

Saigon Princess - Croisière de luxe, dîner au restaurant flottant de la rivière Saigon

Emplacement : 5 rue Nguyen Tat Thanh, District 4

Lorsque nous sommes montés à bord du Saigon River Floating Restaurant, à Ho Chi Minh Ville, j'ai été frappée par la vue qui s'offrait à moi. La vue panoramique de la rivière Saigon, avec ses eaux scintillantes et le feuillage verdoyant le long des rives, est le cadre d'une aventure gastronomique. Assise à une table stratégiquement placée pour capturer la beauté, j'ai parcouru le menu qui regorge de plats vietnamiens. Des délices de la mer aux soupes parfumées en passant par les grillades savoureuses, l'éventail de délices promet une fête sensorielle.

En savourant chaque bouchée, je me suis retrouvée non seulement à savourer les saveurs, mais aussi à m'imprégner de l'ambiance culturelle qui m'enveloppait. Les airs apaisants de la musique vietnamienne flottaient dans l'air, renforçant l'authenticité de mon expérience gastronomique. À certains moments, j'ai assisté à des spectacles captivants, tels que des spectacles de marionnettes sur l'eau, qui ont donné vie à l'art sous mes yeux. Le cadre romantique à bord du restaurant flottant est indéniable. Avec des lanternes qui jettent une lueur, le bateau se balance et le ciel étoilé crée une atmosphère magique parfaite pour une soirée spéciale ou une célébration sincère.

L'un des moments les plus marquants de mon escapade gastronomique a été la croisière au coucher du soleil.

Alors que le soleil se couche sous l'horizon, peignant le ciel de nuances d'orange et de rose et se reflétant sur les eaux de la rivière, nous sommes complètement hypnotisés par la beauté naturelle qui nous entoure. Tout au long de la soirée, l'équipe accueillante du Saigon River Floating Restaurant a veillé à ce que chaque aspect de notre expérience gastronomique soit vraiment exceptionnel. Leur service amical, leur souci du détail et leur empressement à répondre à toutes les demandes ont ajouté une couche supplémentaire de confort et de joie à notre soirée.

Je recommande vivement de réserver à l'avance pour les dîners-croisières ou pendant les périodes touristiques afin de s'assurer une place dans ce restaurant flottant unique en son genre. Que vous soyez un amateur de cuisine, un couple en quête de romantisme ou un voyageur à la recherche d'une expérience, dîner au Saigon River Floating Restaurant vous garantit un voyage rempli de culture locale, de cuisine délicieuse et de vues à couper le souffle le long de l'emblématique rivière Saigon.

"Les voyages rendent modeste. Vous voyez ce qu'est un

la place minuscule que vous occupez dans le monde".

- Gustav Flaubert

~:Jour 3:~ En route pour Hoi An - Là où la tranquillité rencontre l'aventure.

Nous avons séjourné à la Dai An Phu Villa, Group 9, An Bang Beah, Cam An Ward, Hoi An.

Après avoir dégusté un délicieux petit-déjeuner et profité de l'hospitalité chaleureuse de l'hôtel Eden Garden, nous nous sommes rendus à l'aéroport international Tan Son Nhat pour la prochaine étape de notre voyage, à destination de Hoi An. Le personnel de l'hôtel avait gracieusement organisé un taxi pour nous emmener à l'aéroport à notre demande. Cependant, à notre arrivée, nous avons eu une surprise inattendue : notre vol, initialement prévu à 11 h 20 selon l'heure d'Indochine, avait été retardé de six heures et vingt minutes et devait maintenant décoller à 18 heures. Pour ajouter au retard, le vol a fini par décoller à 18h30, ce qui nous a laissé une journée entière à remplir à l'aéroport.

Malgré la déception d'avoir perdu une journée à Hoi An, nous avons tiré le meilleur parti de la situation et nous nous sommes mêlés aux autres passagers qui avaient également été affectés par le retard. L'équipage de la compagnie aérienne a géré la situation avec professionnalisme et a présenté des excuses sincères, même si le retard était indépendant de sa volonté. On nous a finalement servi le dîner pendant le vol, et vers 20 h 50, nous sommes enfin arrivés à notre destination, la villa Dai An Phu.

À notre arrivée, nous avons été chaleureusement accueillis par le directeur de l'établissement, M. NguyễnDuy, qui nous attendait. Le taxi réservé à l'avance entre l'aéroport de Da Nang et l'hôtel nous a permis de passer une nuit sereine, même si nous avons dû renoncer à une journée complète d'exploration de la ville de Hoi An, comme cela était prévu à l'origine.

Nichée dans le charme serein de Hoi An, la villa Dai An Phu nous a offert une retraite délicieuse pendant notre aventure au Viêt Nam. Ce bungalow confortable, agrémenté d'un jardin luxuriant, d'une piscine extérieure accueillante et d'une terrasse méticuleusement décorée, constitue le cadre idéal pour la détente et l'exploration. Située à seulement 200 mètres de la captivante plage d'An Bang, l'ambiance tranquille de la villa et sa proximité avec la nature sont inégalées. Notre voyage culinaire a été tout aussi enchanteur, le restaurant de la plage proposant un éventail délectable de délices vietnamiens et de fruits de mer frais, complété par une sélection alléchante de cocktails et d'en-cas au bar. Notre séjour à la villa Dai An Phu a été un mélange harmonieux de confort, de beauté naturelle et de délices culinaires, ce qui en fait un souvenir impérissable de notre séjour au Viêt Nam.

Malgré la déception initiale causée par le retard du vol vers Da Nang, qui a entraîné l'annulation des activités prévues, ce fut un moment magnifique et joyeux dont nous nous souviendrons toujours. Au lieu de nous attarder sur ce contretemps, nous avons décidé de profiter de la soirée et d'explorer les environs. L'attrait de la plage nous attirant, nous nous sommes embarqués pour une promenade tranquille le long du rivage après le dîner, nous immergeant dans l'atmosphère nocturne enchanteresse de la mer et de ses environs.

Il y avait une pointe d'appréhension lorsque nous nous sommes aventurés dans l'inconnu à 21h30, mais l'esprit d'aventure et la curiosité l'ont emporté. D'abord hésitants, ma femme et moi avons été rassurés par la compagnie de notre manager, NguyễnDuy, qui nous a accompagnés dans notre marche. Ses propos rassurants sur la sécurité de Hoi An et du Viêt Nam la nuit, associés à la chaleureuse hospitalité offerte aux touristes, ont apaisé nos inquiétudes et nous ont remplis d'enthousiasme.

La promenade nocturne a été une expérience magique, au son apaisant des vagues et de la douce brise marine. Nous nous sommes sentis accueillis par les habitants que nous avons rencontrés en chemin, ce qui a ajouté au charme de la soirée. Bien que nous soyons parmi les rares touristes à sortir si tard, nous avons ressenti un sentiment d'appartenance et d'exploration. Notre dîner au restaurant The Beach s'est ajouté à cette soirée mémorable. Nous avons dégusté du riz nature, des nouilles en sauce avec des boulettes de viande et de délicieux fruits de mer locaux, accompagnés de boissons rafraîchissantes. Bien que tenté par les offres de boissons fortes, j'ai opté pour un simple Coca par respect pour les préférences de ma femme, ce qui a ajouté une touche de douceur à la soirée. Dans l'ensemble, notre aventure impromptue le premier jour de notre arrivée à Hoi An a été un moment magnifique et joyeux qui résume la chaleur, l'hospitalité et l'ambiance enchanteresse de cette charmante ville vietnamienne.

~:Jour 4:~ Visite du pont d'or et des collines de Ba Na

Le 14 octobre 2018, ma femme et moi avons entrepris un voyage qui allait devenir l'un des souvenirs les plus chers de notre vie - notre premier voyage à l'étranger à Bana Hills, à Danang, au Viêt Nam. C'était un voyage que nous appelons affectueusement notre deuxième lune de miel, rempli d'excitation, de joie et d'un sens de l'aventure.

Notre première matinée à Hoi An nous a accueillis avec un délicieux petit-déjeuner mettant en valeur les spécialités de la région : brioches spéciales de Hoi An, omelette moelleuse, saucisse de poulet savoureuse, fruits frais débordant de saveur, salade verte croquante, le tout accompagné d'un jus d'orange rafraîchissant et d'un choix de thé ou de lait. C'était un début de journée parfait, qui nous a permis de faire le plein d'énergie et d'excitation pour les aventures à venir.

Disposant d'un peu de temps avant notre départ pour Ba Na Hills, nous nous sommes livrés à une séance de photos autour du centre de villégiature, afin d'immortaliser la beauté de notre environnement. Nos pas nous ont ramenés sur la plage, cette fois sous la lumière du jour, révélant une scène vibrante remplie de gens de tous âges. Ce qui était un havre de paix la nuit dernière s'est transformé en un centre animé, bourdonnant d'excitation, de joie et de rires, qui s'étend sur la plage à perte de vue. Malgré l'ambiance animée, notre temps était compté, ce qui nous a poussés à retourner au centre de villégiature plus tôt que nous ne l'aurions souhaité. Pour notre plus grande joie, notre taxi nous attendait, prêt à nous emmener vers le point culminant tant attendu de notre voyage à Hoi An : le pont d'or.

Alors que le soleil commençait son ascension au-dessus de la ville animée de Danang, au Viêt Nam, mon cœur était rempli d'impatience à l'idée de la journée qui s'annonçait. C'est par un matin frais que mon épouse et moi avons entamé notre voyage tant attendu à Bana Hills, un endroit réputé pour ses paysages à couper le souffle et ses attractions captivantes. Nous étions loin de nous douter que ce voyage deviendrait une tapisserie d'expériences inoubliables, tissant des moments de tranquillité, d'émerveillement et de pur spectacle. Le voyage vers Bana Hills a commencé par une route panoramique depuis notre hôtel. Nous avons traversé les rues animées de Danang, jetant un coup d'œil sur la vie locale et l'énergie dynamique qui imprègne la ville. L'impatience grandissait à chaque kilomètre, sachant que nous nous dirigions vers une destination qui promettait d'enchanter et d'envoûter.

Dès notre arrivée à Bana Hills, nous avons été immédiatement attirés par l'ambiance et les vues imprenables. Les chauds rayons du soleil baignent le paysage d'une lumière éclatante. Au départ, j'avais choisi de porter un T-shirt léger et un jean bleu, mais j'ai soudain changé d'avis et j'ai opté pour une chemise rouge et un jean noir. J'étais loin de me douter que ce changement de tenue apporterait une touche de couleur et de caractère à nos photos. Lorsque nous avons atteint la base de Bana, nous avons été accueillis par la grandeur des paysages et des collines ondulantes. Le trajet de trente minutes en téléphérique jusqu'au sommet de la montagne est une expérience exaltante qui offre des vues sur la nature environnante. À chaque montée, l'agitation urbaine s'estompe peu à peu pour laisser place à un panorama de toute beauté.

Notre premier arrêt nous a mis en présence d'une rangée de bungalows conçus avec style. Les détails architecturaux complexes, le flair artistique et le décor exquis nous ont laissés bouche bée, témoignant du passé de cet endroit, qui faisait partie de l'ère coloniale du Viêt Nam sous la domination française. La joie que nous avons ressentie à Bana Hills est indescriptible. Nous avons passé une heure à prendre des selfies et des photos pour chérir ces moments à jamais. Chaque coin où nous nous sommes aventurés, chaque vue qui nous a émerveillés, nous a semblé être une scène sortie d'un rêve.

Sur le cliché que nous avons pris, ma joie et mon apparence rajeunie étaient indéniables. La présence de ma femme à mes côtés a ajouté un peu de piment à ce moment. Son regard curieux et délicieux sur notre environnement reflétait l'esprit d'aventure et de découverte qui nous unissait.

Réfléchir à ce selfie aujourd'hui me ramène à cette journée à Bana Hills. L'assurance et la bravoure que j'ai ressenties provenaient non seulement du paysage, mais aussi des encouragements et de l'affection indéfectibles de ma femme. Elle m'a motivé à vivre des expériences, à découvrir des lieux et à construire ensemble des souvenirs durables. Notre excursion à Bana Hills, à Danang, au Viêt Nam, restera à jamais gravée dans nos cœurs. Ce fut un voyage rempli d'amour, d'exploration et de joie partagée qui a approfondi nos liens et rempli nos âmes de moments. Notre première visite a été celle du Village français, un havre qui nous a transportés dans une autre époque. Les allées pavées, les charmantes structures européennes et les couleurs vives évoquent une ambiance. Nous nous sommes promenés dans le village en admirant l'architecture des bâtiments et en nous imprégnant de l'ambiance décontractée qui y règne.

Les collines de Ba Na nous accueillent avec un climat de montagne frais, un contraste frappant avec la brise côtière de Hoi An. Le trajet en téléphérique jusqu'aux collines a été une expérience passionnante, offrant des vues panoramiques sur des paysages verdoyants. Le Golden Bridge, maintenu en l'air par des mains de pierre géantes, était un spectacle à voir. Nous avons traversé cette merveille architecturale en ayant l'impression d'être suspendus dans les airs, entourés d'un paysage à couper le souffle. Le Golden Bridge, l'un des points forts de notre visite, est une merveille d'architecture contemporaine qui semble défier la gravité en s'étirant sur les collines luxuriantes. Marcher sur le pont était une expérience hors du commun, avec une vue imprenable sur les montagnes environnantes et la brise fraîche de la montagne qui effleurait notre peau. Le Fantasy Park a été une autre découverte agréable, offrant une pléthore de manèges, de jeux et d'activités. Nous avons laissé libre cours à notre âme d'enfant en faisant du carrousel, en jouant à des jeux d'arcade et en riant ensemble sur des manèges à sensations. Le parc était animé de rires et d'excitation, créant une atmosphère joyeuse et contagieuse. Au fil de la journée, nous avons exploré les différentes attractions disséminées dans Bana Hills. La pagode Linh Ung, avec sa statue de Bouddha imposante et son environnement serein, offre un moment de tranquillité et de réflexion.

Notre voyage s'est achevé par une visite des jardins de Bana Hills, une oasis verdoyante remplie de fleurs colorées, de verdure luxuriante et de vues panoramiques sur la vallée en contrebas. Nous nous sommes retrouvés immergés dans la nature, respirant l'air frais des montagnes et savourant la sérénité des lieux. Alors que le soleil entame sa descente, jetant une teinte dorée sur les collines de Bana, nous réfléchissons aux aventures de la journée. Ce fut un voyage rempli de moments impressionnants, de rires partagés et d'une profonde appréciation de la beauté de la nature et de la créativité humaine. Alors que nous redescendions vers Danang, nos cœurs étaient pleins et nos esprits remplis de souvenirs qui dureraient toute une vie. Bana Hills a tissé sa magie sur nous, laissant une marque indélébile sur nos âmes et allumant le désir d'explorer davantage ce monde merveilleux.

Après une journée d'exploration dans les collines, nous sommes redescendus à Da Nang pour un repas. L'offre culinaire de la ville a été à la hauteur des attentes et nous nous sommes régalés de délices qui reflètent les saveurs du centre du Viêt Nam. À notre arrivée le soir à Hoi An, nous nous sommes remémorés les plages tranquilles, la vie nocturne animée et les escapades passionnantes qui ont ponctué ces deux jours. Hoi An nous a véritablement séduits par son mélange de détente et de sensations fortes, créant des souvenirs qui resteront à jamais gravés dans nos mémoires. Nous étions impatients de découvrir les joyaux et les surprises qui nous attendaient dans cette charmante ville.

Visite de la pagode de la montagne de marbre et du village de sculptures en pierre de Non-Nuoc.

La ville de Da Nang compte de nombreux temples de montagne où l'architecture artisanale, les paysages naturels et les valeurs religieuses se combinent parfaitement.

En explorant les merveilles de Da Nang, ma femme et moi avons entrepris un voyage mémorable à la pagode de la montagne de marbre et au village de sculptures en pierre de Non-Nuoc. Notre journée avait déjà été riche en émotions, avec une matinée captivante dans les collines de Ba Na et un déjeuner satisfaisant dans la ville de Da Nang. Nous étions maintenant prêts à nous plonger dans les trésors culturels et artistiques que cette région a à offrir.

En arrivant à la pagode de la montagne de marbre, nous avons été immédiatement captivés par la grandeur des formations de marbre qui définissent le paysage. La pagode elle-même, nichée dans les montagnes, dégage une aura de paix et de spiritualité. L'ascension du sommet de la colline nous a permis d'apprécier les sculptures et les détails architecturaux anciens qui ornaient la pagode, chaque élément racontant des histoires de traditions et de croyances ancestrales.

Depuis les points d'observation les plus élevés, nous avons pu admirer le paysage urbain de Da Nang et ses environs, un spectacle qui nous a fascinés par la splendeur de la nature vietnamienne. La tranquillité qui règne à l'intérieur de la pagode, associée à des panoramas époustouflants, a fait de notre visite une expérience enrichissante.

Après avoir visité le village de sculpture sur pierre de Non-Nuoc, connu pour l'habileté de ses artisans à sculpter le marbre et la pierre, nous nous sommes promenés. Admirer l'incroyable savoir-faire qui permet de créer des statues, des sculptures et des objets décoratifs détaillés à partir d'une pierre brute. L'interaction avec les artisans nous a permis de découvrir leurs techniques et l'importance culturelle de leur travail. Il était vraiment captivant de voir comment ces méthodes traditionnelles ont été transmises de génération en génération, préservant ainsi l'héritage vietnamien de la sculpture sur pierre.

À la fin de la journée, nous avons réfléchi à la beauté et à la profondeur culturelle que nous avons rencontrées à la pagode de la montagne de marbre et au village de sculptures en pierre de Non Nuoc. Ce fut une journée remplie d'exploration, d'inspiration et d'une profonde appréciation de l'art et de l'histoire qui définissent cette région captivante de Da Nang.

Après avoir exploré les attractions de Da Nangs, nous sommes retournés avec plaisir à la Dai An Phu Villa à Hoi An. Notre taxi nous a gracieusement déposés à l'entrée du complexe, où des visages familiers nous ont accueillis dans l'ambiance tranquille que nous chérissions. Le soir, notre directeur attentionné nous a réservé une surprise.

Il a prévu une promenade nocturne dans la vieille ville de Hoi An, un site classé au patrimoine mondial de l'UNESCO et connu pour son allure intemporelle et son importance historique.

La nuit tombant sur Hoi An, la ville se transforme en un paradis captivant. Nous avons exploré le cœur de la vieille ville, où les lanternes illuminent les rues et où l'odeur de la cuisine de rue flotte dans l'air. Le marché de nuit nous a séduits avec une variété de souvenirs et d'artisanat local. Pour le dîner, nous nous sommes rendus dans un restaurant situé au bord de la rivière, où nous avons dégusté des spécialités telles que le Cao

Lau et les boulettes de roses blanches. L'atmosphère est enchanteresse et la musique traditionnelle sert de toile de fond à notre repas. Après le dîner, nous avons fait une promenade en bateau le long de la rivière Thu Bon qui serpente à travers la ville. Les lanternes scintillantes se reflètent dans l'eau, créant une ambiance romantique. Ce fut une soirée mémorable, mêlant culture, cuisine et camaraderie.

Notre dernière journée à Hoi An a commencé par une promenade matinale paisible le long de la plage de Hoi An à 6 heures du matin. Le bruit apaisant des vagues qui s'écrasent sur le rivage et la douce brise marine ont servi d'éveil à mes sens.

En me promenant sur le sable, rafraîchie par l'ambiance de la plage, j'ai ramassé des coquillages en guise de souvenirs et j'ai savouré la tranquillité.

Ma femme, elle, semblait fatiguée de notre emploi du temps chargé de la journée. En raison de retards, nous avons fait la visite de la ville de Da Nang, des collines de Ba Na et de la ville de Hoi An en une journée. Consciente de son besoin de repos, j'ai décidé d'explorer le bord de mer par moi-même, à quelques pas de la villa Dai An Phu.

La matinée à la plage a été vraiment magique. Le soleil se lève doucement à l'est, éclairant les eaux scintillantes. Avec d'autres, j'ai pris plaisir à me promener tranquillement le long du rivage et à tremper de temps en temps mes orteils dans l'eau de mer rafraîchissante. Au cours de ma promenade, j'ai engagé la conversation avec un Anglais qui admirait les motifs de ma chemise en coton jaune et noir. Inspiré du style batik de Shantiniketans. Nous avons partagé des histoires. Récits de voyage sur son époque, à Kolkata et à Shantiniketan.

Au fil de la matinée, j'ai dit au revoir à mon ami. Petite promenade autour du marché local. J'ai acheté des fruits du dragon et des litchis pour les déguster plus tard. Lorsque je suis rentré à la villa, ma femme était déjà debout pour le petit-déjeuner. Nous avons dégusté notre repas ensemble tout en parlant de la matinée que nous avons passée à la plage. À notre retour à la villa, j'ai été accueillie par l'odeur d'un petit-déjeuner vietnamien traditionnel. Un bol de pho chaud accompagné de fruits et d'un café parfumé était une façon de commencer une journée d'exploration passionnante.

Après le petit-déjeuner et un peu de temps libre, nous nous sommes préparés pour notre aventure. Heureusement, notre vol de Da Nang à Hanoi était à l'heure, ce qui nous promettait une belle expérience de voyage.

"Le véritable voyage de découverte ne consiste pas à
de chercher de nouveaux paysages, mais d'avoir de nouveaux yeux".

- Marcel Proust

~:Jour 5:~ Hanoi dévoilée : une journée de patrimoine et de saveurs

Nous avons séjourné au Hanoi Nostalgia Hotel & Spa, 13 Phố LươngNgọcQuyếnHàng Buồm11010 Hà Nội.

L'arrivée à Hanoï s'est faite par un après-midi chaud et un paysage urbain animé, plein d'excitation et de curiosité. Le trajet en taxi jusqu'à l'hôtel Nostalgia a été agréable et nous a permis d'apercevoir les sites touristiques de la ville, notamment le pont NhậtTân, qui enjambe le fleuve Rouge et dont la structure moderne à haubans témoigne des progrès de Hanoi.

À notre arrivée à l'hôtel, nous avons pris le temps de nous détendre après notre voyage depuis Da Nang. L'excitation à l'idée d'explorer Hanoi était palpable, surtout en sachant que notre guide, Mme Water, était prête à nous faire visiter la ville.

Notre première visite a été celle de la maison située au 87 de la rue Ma May, qui offre un aperçu de l'histoire et de l'héritage architectural de Hanoi. Les sculptures en bois détaillées, le design traditionnel et le mobilier d'époque donnent un aperçu de la vie des résidents. Chaque pièce semble faire écho à des histoires d'antan, ce qui témoigne de l'habileté et du soin apportés à la création d'une telle résidence.

Nous nous sommes ensuite promenés dans le quartier français en admirant la splendeur de l'église cathédrale et la beauté sereine du lac Hoan Kiem, qui a conquis nos cœurs. La magnifique combinaison de l'architecture et des traditions vietnamiennes était vraiment captivante, chaque bâtiment et monument racontant la riche histoire de Hanoi. Nous nous sommes promenés autour du lac pour nous imprégner de l'atmosphère de la vie quotidienne à Hanoi. La visite de la prison de Hoa Lo a donné un aperçu solennel et instructif du passé du Viêt Nam, mettant en évidence la résilience et l'esprit de son peuple.

Alors que nous longeons le lac Hoan Kiem, une rencontre avec des écoliers ajoute une touche réconfortante à notre journée à Hanoi. Notre guide, Mme Water, nous a présenté ces jeunes qui s'étaient rassemblés dans le parc depuis quelques instants. J'ai été agréablement surpris par leur maîtrise de l'anglais et leur empressement à engager la conversation. Lorsque j'ai mentionné l'Inde, leurs visages se sont illuminés de joie et ils ont partagé leur admiration pour les stars de Bollywood comme Shahrukh Khan et Amir Khan, ainsi que leur amour pour la célèbre émission de télévision CID. Au cours de notre entretien, leurs rêves et leurs objectifs se sont dévoilés devant nous. Qu'il s'agisse d'explorateurs en herbe, d'astronautes ou d'ingénieurs en informatique, leur enthousiasme et leur curiosité ont été une véritable source d'inspiration.

Au cours de notre promenade nocturne, nous sommes tombés sur un vendeur ambulant de mangues assaisonnées d'épices et de sauce. La vue et l'odeur m'ont instantanément rappelé des souvenirs d'enfance, lorsque j'appréciais les cornichons à la mangue malgré la désapprobation de ma mère. Ce moment m'a rappelé les réunions de famille et les délicieux repas partagés avec des êtres chers. Avec un sourire, je me suis souvenue du dicton "Que les enfants apprennent à manger de tout", un sentiment transmis par mes grands-parents qui encourageaient nos explorations.

Je n'ai pas pu résister à l'envie de demander à Mme Water d'aller chercher quelques-unes de ces friandises pour nous. Nous avons dégusté les mangues épicées en nous promenant tranquillement autour du lac, savourant non seulement les saveurs, mais aussi les plaisirs simples des rencontres inattendues et des souvenirs précieux.

Après une longue marche, notre faim nous a conduits à Pho Bien, un restaurant de fruits de mer réputé où nous nous sommes régalés d'un éventail de plats, savourant la fraîcheur de l'océan à chaque bouchée. Pour terminer la journée en beauté, nous avons dégusté un café aux œufs chez Ca Phe Pho Co, un joyau caché situé au cœur de Hanoi. La consistance crémeuse et l'arôme riche du café ont conclu nos escapades de la journée.

Alors que la soirée à Hanoi touchait à sa fin, nous avons dit au revoir à notre guide, Mme Water, à l'entrée de l'hôtel. Ses connaissances, ses histoires et sa compagnie ont ajouté de la profondeur à notre exploration des rues de la ville, nous permettant de comprendre la culture et l'histoire hanoises. Pour lui témoigner notre reconnaissance pour le temps qu'elle nous a consacré et les expériences enrichissantes qu'elle a partagées avec nous, je lui ai offert un gage de gratitude sous la forme d'une somme d'argent. Cependant, j'ai été surprise lorsque Mme Water a poliment refusé, expliquant que leur service de guide est axé sur l'apprentissage et l'éducation et qu'il est donc contraire à leurs principes d'accepter des cadeaux.

J'ai été vraiment impressionnée par son dévouement à l'éducation. Son engagement à offrir des expériences à des visiteurs comme nous. Son humilité et son enthousiasme à partager ses connaissances m'ont interpellée, soulignant l'importance de l'échange et du respect dans les rencontres de voyage. En partant, j'ai réfléchi aux liens que nous avions établis pendant notre séjour à Hanoi, en grande partie grâce à la gentillesse et à la générosité de personnes telles que Mme Water. Son refus de payer en dit long sur l'esprit d'hospitalité et d'attention sincère qui a caractérisé notre voyage au Viêt Nam.

De retour à l'hôtel, nous nous sommes remémorés les bâtiments, les rues et les plats délicieux que nous avons découverts à Hanoï, et nous nous sommes réjouis de savoir que notre exploration de la ville ne faisait que commencer. De l'exploration des maisons à la déambulation dans les rues en passant par la dégustation de la cuisine locale, chaque expérience nous a profondément touchés et nous a laissé entrevoir les nombreux moments passionnants qui nous attendaient dans les jours à venir.

~:Jour 6:~ Visite de la baie d'Ha Long

Nous avons séjourné à La Paz Resort/ Tuan Chau Resort Ha Long, ĐườngNgọcChâu, Tuan Chau Island.

Notre voyage dans la baie d'Halong a été un mélange de surprises et d'hospitalité exceptionnelle qui a vraiment rendu notre voyage inoubliable. Tout a commencé par un coup du sort lorsque, contre toute attente, la chambre de luxe que nous avions réservée dans le bâtiment du complexe situé en bord de mer n'a pas été disponible. Cependant, ce qui semblait être une déception s'est avéré être une pause, car nous avons été chaleureusement accueillis dans un charmant bungalow de deux étages niché au milieu des collines, offrant une vue imprenable et une sérénité paisible.

L'accueil chaleureux du personnel et le traitement spécial que nous avons reçu pendant le concert de musique et le repas du soir ont ajouté une touche de luxe à notre expérience, nous faisant nous sentir incroyablement spéciaux. Malgré quelques inquiétudes quant à l'éloignement de la région dans notre nouveau logement, nous avons été enchantés par la tranquillité de l'environnement et la beauté des vues. Notre chambre spacieuse, située à l'étage orienté vers l'est, offre une vue sur la ville et la plage en contrebas, créant ainsi un cadre charmant pour notre séjour.

En arrivant à La Paz Resort sur l'île de Taun Sua vers midi, nous avons laissé avec enthousiasme la plupart de nos bagages après en avoir stocké quelques-uns au Nostalgia Hotel & Spa, à Hanoi.

Lorsque nous avons rejoint le groupe pour notre croisière dans la baie d'Halong, l'excitation nous a envahis alors que nous partions à la découverte de ce site classé au patrimoine mondial de l'UNESCO et l'une des sept merveilles du monde.

En naviguant sur les eaux émeraude à bord de notre bateau, nous avons été captivés par les îles calcaires imposantes, ornées de forêts tropicales, chacune enveloppée d'une aura qui murmurait des histoires anciennes. Les grottes cachées nous dévoilent un monde de merveilles et nous incitent à plonger dans la beauté captivante de la baie d'Halong. Notre séjour dans la baie d'Halong a été un mélange de découvertes, de beauté naturelle à couper le souffle et d'hospitalité chaleureuse, qui nous a laissé des souvenirs précieux et une nouvelle admiration pour les divers paysages de notre planète.

En embarquant sur la croisière de luxe depuis le port de l'île de Tuan Chua, nous avons été accueillis avec des boissons qui ont ouvert la voie à un voyage inoubliable à travers la baie d'Halong. Après une réception, nous avons été escortés jusqu'au restaurant situé sur le pont avant, qui offre une vue panoramique sur la mer grâce à ses vastes baies vitrées. La brise légère ajoutait à l'atmosphère alors que nous nous apprêtions à nous régaler.

L'expérience gastronomique a été vraiment exceptionnelle, avec un déjeuner de huit plats mettant en valeur une fusion de saveurs.

Le menu du jour comprenait une salade de concombres et de tomates, de succulentes crevettes, les célèbres calamars sautés de Halong, des rouleaux de printemps vietnamiens croustillants au céleri, un savoureux poulet sauté aux champignons, du poisson dans une délicieuse sauce tomate, un mélange de légumes sautés, du riz à la vapeur parfumé et un doux bouquet final de fruits frais de saison.

Après avoir dégusté ce repas, nous sommes montés sur le toit du bateau de croisière à deux étages. Nous y avons trouvé une longue pelouse ombragée de verdure et des chaises confortables qui nous attendaient. C'était l'endroit idéal pour admirer la beauté de la baie d'Halong. La fraîcheur de la brise marine, mêlée à un brouillard subtil et à un soleil radieux, ajoute à l'ambiance.

En naviguant dans la baie entourée de rochers flottants et d'îles verdoyantes, la vue pittoresque était digne d'un photographe. Le toit a servi de toile de fond pour capturer des moments et des selfies pittoresques dans le décor naturel époustouflant des merveilles de la baie d'Halong. Debout au bord de la baie d'Halong, je me réjouissais à l'idée d'une journée d'exploration et d'aventure. La perspective de naviguer dans cette baie pendant 4 à 4,5 heures, avec de nombreuses activités, m'a fait trépigner d'impatience.

Il s'agissait d'une expérience combinant la nourriture et la beauté naturelle à couper le souffle de la baie d'Halong, au Viêt Nam.

Alors que notre bateau commençait son voyage, nous étions fascinés par le paysage qui nous entourait. Les îles et îlots calcaires émergent des eaux comme des protecteurs, chacun ayant une forme et une histoire uniques. Chaque coin de la baie que nous avons tourné nous a révélé une splendeur naturelle. L'un des aspects de notre voyage a été la visite guidée qui a permis de découvrir de nombreux sites célèbres. Nous avons été émerveillés par les imposantes formations de pierre façonnées par des années d'érosion par le vent et l'eau, tout en découvrant le folklore et les histoires qui définissent le passé de la baie d'Halong. Notre visite de la grotte du Palais céleste m'a émerveillée lorsque nous avons pénétré dans ses salles ornées de stalactites et de stalagmites. Le jeu de la lumière et de l'obscurité, à l'intérieur, a créé une atmosphère qui souligne pourquoi cette grotte est célébrée comme une merveille de la nature.

L'excitation s'est poursuivie avec une aventure en kayak pour explorer la région de Ba Hang et les communautés de pêcheurs avoisinantes. En naviguant paisiblement dans nos kayaks, sur les eaux tranquilles, nous étions entourés d'un sentiment de calme et de paix. Les imposants karsts calcaires qui nous surplombent suscitent l'admiration pour la beauté de la nature. Certains de nos voyageurs ont opté pour une promenade en bateau de bambou glissant doucement sur les eaux pour explorer les charmants villages de pêcheurs disséminés le long de la baie. Il offre un aperçu de la vie des pêcheurs, avec leurs bateaux colorés se balançant doucement sur les vagues calmes, avec en toile de fond le charme intemporel de la baie d'Halong.

Alors que nous regagnions la côte au déclin du jour, je me suis surpris à réfléchir à l'attrait de la baie d'Halong. Sa magnificence naturelle, entrelacée de rencontres, a laissé une impression durable sur mon esprit. La baie d'Halong a en effet été à la hauteur de sa réputation de lieu magique et merveilleux, un trésor à découvrir à chaque tournant.

À l'issue de notre croisière dans la baie d'Halong, nous avons eu droit à un délicieux service de thé dans l'après-midi. C'est un moment où l'on savoure le thé tout en s'imprégnant des paysages à couper le souffle qui nous entourent. Alors que nous nous détendions, deux aimables dames se sont approchées de nous pour nous présenter des objets fabriqués à partir de coquillages, de perles et d'huîtres.

Ma femme est tombée amoureuse d'un collier de perles, en souvenir de notre séjour dans cet endroit charmant. En attendant, j'ai choisi d'acheter des porte-clés avec des photos de la baie d'Ha Long et d'autres sites touristiques célèbres du Viêt Nam. Même si nous avions déjà rassemblé un certain nombre de souvenirs de nos visites à Ho Chi Minh

Ville, Da Nang et Hoi An, nous n'avons pas pu résister à l'envie d'acheter quelques articles pour chérir les souvenirs.

Lorsque nous sommes revenus au port vers 17 heures, notre transition vers la suite de notre voyage s'est déroulée sans encombre. Une voiture nous attendait pour nous conduire au centre de villégiature, où notre chambre était prête et accueillante. Après avoir déballé nos affaires et nous être rafraîchis, nous nous sommes dirigés vers le bâtiment vers 18 h 30 pour y passer la soirée.

La nuit s'est animée avec un spectacle musical captivant qui a rempli l'air de mélodies faisant écho à la beauté de la baie d'Halong. L'atmosphère était enchanteresse, les lumières scintillantes ajoutant une touche de romantisme à la nuit. Après le concert, nous avons dégusté un dîner composé de plats vietnamiens qui ont ravi nos papilles et enrichi notre expérience de voyage.

La journée dans la baie d'Halong s'est terminée en beauté, remplie d'aventures, de nouvelles découvertes et d'une plongée profonde dans la culture. Alors que nous nous installions dans notre chambre pour la nuit, un sentiment de gratitude m'a envahi pour les souvenirs que nous avons créés et les précieux souvenirs que nous avons collectés au cours de notre voyage.

♣ ♣ ♣

"Une fois par an, allez dans un endroit où vous n'êtes jamais allé.

- **Dalaï Lama**

~:Jour 7:~ Retour à Hanoi

Après un séjour à La Paz Resort sur l'île de Taun Sua dans la baie d'Halong, mon épouse et moi avons repris le chemin de Hanoi. Le matin suivant notre petit-déjeuner de 7h30, nous avons décidé de profiter une fois de plus de la beauté de l'île de Taun Sua en faisant une promenade. Le soleil brillait de tous ses feux et illuminait les environs tandis que nous marchions tranquillement vers le port. En arrivant au port, les souvenirs de notre voyage dans la baie d'Halong nous reviennent en mémoire. Nous nous sommes souvenus de la croisière impressionnante à travers les îles captivantes qui regorgent d'émotions et d'aventures à chaque coin de rue. Notre séjour au Viêt Nam touchait à sa fin. Les souvenirs que nous avons créés ensemble resteront à jamais gravés dans nos cœurs. Après avoir passé une heure à s'imprégner du charme des îles, nous sommes rentrés au La Paz Resort. Après avoir fait nos valises pour la nuit, nous avons rapidement quitté l'hôtel. Nous avons attendu l'e-rickshaw arrangé par l'hôtel pour nous transporter au bâtiment principal pour les procédures de départ.

L'équipe de Hanoi Transfer Service (HTS) a joué un rôle dans l'organisation de notre visite de la baie d'Ha Long, que nous avions organisée en ligne depuis l'Inde, ainsi que de tous nos hébergements à destination.

Nous avons été agréablement surpris de découvrir que HTS avait prévu une voiture à quatre places pour les deux parties de notre voyage de Hanoi à la baie d'Ha Long. Voyager dans le confort et le style a ajouté une couche de plaisir à notre voyage déjà mémorable.

Lorsque nous sommes arrivés au bâtiment, notre voiture nous attendait, prête à nous emmener à Hanoi. Dire au revoir à la beauté de la baie d'Ha Long a été un mélange d'émotions. Nous étions reconnaissants pour les merveilleux souvenirs que nous avions créés pendant notre séjour. Sur le chemin de Hanoi, nous nous sommes remémorés les aventures et les joies de notre croisière dans la baie d'Halong, qui resteront à jamais gravées dans nos souvenirs de voyage.

Vers 15 heures, nous sommes arrivés à l'hôtel Nostalgia Hanoi. Nous avons fait une pause pour déjeuner dans un endroit situé le long du trajet. Après notre arrivée à l'hôtel, nous avons récupéré nos bagages au vestiaire. Nous nous dirigeons vers notre chambre. Plus tard dans la soirée, nous sommes sortis nous promener. Ayant un peu faim, nous avons décidé de nous arrêter dans un café pour prendre un en-cas et un café. À l'approche du crépuscule, les rues s'illuminent de lumières captivantes et la ville bourdonne d'activités nocturnes.

Le marché local était en pleine effervescence, les commerçants se préparant pour la soirée, attirant à la fois des résidents et des voyageurs du monde entier. L'atmosphère était magique et nous nous sommes promenés dans les rues pour nous imprégner des images et des sons de Hanoi à la tombée de la nuit. Il a servi d'introduction à la vie nocturne et aux marchés animés qui font le charme de Hanoi.

Le personnel de l'hôtel nous a recommandé de visiter le marché de nuit de Hanoi, en soulignant qu'il s'agissait d'une attraction incontournable. Heureusement, le marché était à deux pas. Comme c'était notre dernière nuit à Hanoi et au Viêt Nam, nous étions déterminés à en profiter au maximum en explorant le pays à pied.

Lors de notre séjour à l'hôtel Nostalgia Hanoi, je n'ai pas remarqué les pantoufles de salle de bains fonctionnelles fournies par l'hôtel. Ce qui m'a frappé, c'est leur conception : ils ne retiennent pas l'eau lorsqu'ils sont mouillés grâce à des perforations qui permettent à l'humidité de s'échapper facilement. Non seulement elles étaient pratiques, mais elles étaient aussi incroyablement confortables, sans causer d'inconfort ou d'irritation à mes pieds. Impressionnée par leur côté pratique, j'ai décidé d'en acheter une paire pour la ramener à la maison en guise de souvenir.

Lorsque j'ai demandé ces pantoufles à la réception de l'hôtel, on m'a dit qu'on pouvait les trouver au marché de nuit et à un bon prix. Avec cet objectif en tête, notre première mission au marché a été de trouver ces pantoufles. Après quelques recherches, nous sommes tombés sur un magasin qui proposait le type de pantoufles que je voulais. Je les ai achetés sans attendre.

Le marché nocturne de Hanoi, qui fonctionne tous les vendredis, samedis et dimanches soirs de 20 heures à 23 heures, s'étend sur environ 3 kilomètres, de la place Dong Kinh Nghia Thuc à l'entrée du marché Dong Xuan. Ce qui a tout de suite attiré mon attention, c'est l'accessibilité et l'accueil - l'entrée était gratuite. Les rues ont été interdites à la circulation, créant ainsi un environnement piétonnier où les visiteurs et les habitants se mêlent librement. Le marché regorgeait de trésors, avec des stands proposant toute une gamme de produits. De l'artisanat artisanal mettant en valeur le patrimoine culturel du Viêt Nam aux céramiques élégantes, en passant par les vêtements à la mode et les souvenirs uniques, il y avait de quoi attirer l'attention de chacun. Les prix étaient raisonnables, ce qui en faisait un endroit idéal pour les chasseurs de bonnes affaires et les amateurs de souvenirs.

En pénétrant dans le célèbre marché nocturne du week-end, nous étions impatients d'en savoir plus.

Nous nous sommes rapidement retrouvés plongés dans l'atmosphère de ce marché de nuit réputé. Alors que le soleil se couche à l'horizon, les rues animées s'animent d'un mélange de couleurs, de sons et d'odeurs qui promettent une soirée d'exploration et de plaisir. Le marché s'est transformé en un carrefour d'étals, de vendeurs locaux, de touristes et de résidents offrant une nuit remplie d'expériences culturelles, d'art et d'artisanat et de nourriture délicieuse. C'est comme si l'on découvrait un trésor de délices, avec des étals présentant toute une gamme de produits. Notre attention a été immédiatement attirée par l'éventail des produits présentés. De l'artisanat à la céramique en passant par les vêtements à la mode, le choix est vaste. Les souvenirs dont le prix varie entre 100 000 et 200 000 VND se distinguent comme des cadeaux pour la maison de nos proches. La qualité de l'artisanat est vraiment impressionnante, ce qui en fait un lieu de prédilection pour l'achat de souvenirs. Outre les possibilités de shopping, le marché est également un paradis pour les gourmands. L'odeur alléchante des spécialités, telles que le Bun Thang, le poisson grillé La Vong, la soupe de nouilles Pho, les sandwichs Banh mi et les boulettes de viande Bun cha, emplit l'air.

Je n'ai pas pu résister à l'envie de me régaler de ces plats dont les prix commencent à 15 000 VND et qui constituent un délicieux voyage culinaire.

Nous avons exploré une grande variété de plats, des bols fumants de Pho aux savoureux sandwichs Banh mi, en passant par les brochettes de viande grillée qui grésillent.

Les samedis et dimanches, les soirées du marché étaient pleines de vie, avec des spectacles en direct qui renforçaient l'atmosphère. L'opéra vietnamien, les spectacles de musique traditionnelle et moderne et les apparitions occasionnelles d'artistes ont diverti les habitants et les touristes. L'énergie vibrante et les performances sincères ont laissé une impression durable.

Au milieu de la vie citadine de Hanoï, on remarque que les familles prennent le temps de s'amuser le week-end. Malgré la foule, un sentiment d'unité et de bonheur régnait dans l'air.

Nous sommes tombés sur un groupe d'artistes qui se préparaient pour un spectacle de rue, tandis que les enfants attendaient impatiemment le spectacle avec leurs parents. Il était réconfortant de les voir assis sur le trottoir, complètement absorbés par le spectacle pendant que leurs parents veillaient sur eux. Les musiciens qui se trouvaient à proximité accordaient leurs instruments, ajoutant à l'excitation et à l'ambiance de fête. Nous avons interrompu notre exploration pour admirer cette scène, nous immergeant dans le spectacle de la rue et capturant des moments avec nos appareils photo. L'énergie était contagieuse. Pendant ces quelques instants, nous avons été transportés dans l'univers de la pièce. Rire et s'amuser avec les autres personnes présentes.

Dans un coin, un groupe de musiciens jouait des mélodies captivantes sur leurs flûtes, remplissant les environs de musique. Les airs enchanteurs semblaient nous transporter dans un monde d'harmonie, où nous étions momentanément perdus dans le charme de la musique. Ces rencontres spontanées avec l'art et la culture ont enrichi notre visite du marché de nuit de Hanoï, qui met en évidence l'esprit communautaire qui règne dans les rues animées de la ville.

Entourés par l'énergie du marché nocturne de Hanoï, nous nous sommes immergés dans la scène des vendeurs de rue et des commerçants qui se disputent l'attention. En me promenant dans les ruelles avec mon épouse, je n'ai pas pu résister à l'envie de partager avec elle les saveurs de la cuisine de rue. Malgré son hésitation, elle finit par le faire. Nous avons décidé de nous offrir un éventail de délices vietnamiens. Nous avons savouré un bol de Pho et nous sommes laissés tenter par un sandwich Banh mi. Nous nous sommes régalés de viande grillée et nous avons embrassé la cuisine avec enthousiasme. La soupe Pho - un plat - était une délicieuse fusion de bouillon d'os, de nouilles de riz et de fines tranches de bœuf.

Le plat était accompagné de germes de soja, d'herbes fraîches, de quartiers de citron vert et de piments qui en rehaussaient les saveurs et la fraîcheur. Nous avons découvert que le Pho peut être préparé avec du poulet ou des légumes pour répondre aux goûts de chacun. Le sandwich Banh mi a été une surprise. La croûte croustillante et l'intérieur moelleux de la baguette étaient généreusement garnis d'ingrédients. Nous avons choisi le Banh mi thit avec des garnitures de viande, des légumes marinés et de la coriandre. L'option végétarienne comprenait du tofu et des légumes frais, pour un mélange de textures et de saveurs. Moi qui aime les viandes grillées comme les tandooris, je n'ai pas pu résister à l'envie de goûter la viande vietnamienne grillée qui me rappelait nos plats tandoori. Les saveurs carbonisées se sont parfaitement mêlées aux épices pour former une combinaison appétissante. Pour nous rafraîchir après toute cette agitation, nous avons dégusté des friandises sur bâtonnets proposées par un vendeur ambulant, ainsi que notre kulfi malai indien - une conclusion rafraîchissante à notre exploration culinaire.

Notre expérience de la cuisine de rue a été une fusion de saveurs, de textures et de parfums qui nous a permis d'approfondir notre admiration pour les traditions culinaires de Hanoi.

Notre séjour au Viêt Nam s'est parfaitement terminé par un mélange de gastronomie et d'exploration culturelle. Alors que nous savourions les plats de rue vietnamiens, le marché nocturne animé de Hanoï n'a fait qu'attiser notre faim, nous incitant à chercher un restaurant pour le dîner. Après une recherche, nous avons trouvé le restaurant Tandoor à proximité de notre hôtel. Assoiffés de saveurs, ma femme et moi avons commandé du riz, du pain naan fraîchement cuit, du poulet korma crémeux et du lassi à la mangue rafraîchissant. Le repas au restaurant Tandoor nous a rappelé les saveurs familiales qui nous manquaient lors de nos voyages, évoquant des souvenirs de notre pays. D'autant plus que notre dernier festin indien avait eu lieu à Ho Chi Minh Ville quelques jours auparavant.

Pour parfaire l'expérience, nous avons été agréablement surpris d'apprendre que le propriétaire du restaurant Tandoor était originaire de Digha, notre ville natale au Bengale. Rencontrer quelqu'un, avec ses racines et sa langue, c'est comme reprendre contact avec sa famille dans un endroit donné.

Nous avons discuté, lui de ses projets d'entreprise et moi de ma profession, tout en nous remémorant nos aventures touristiques. Il a également raconté quelques histoires de famille, ce qui a ajouté une touche à notre dîner. Vers 22 heures, le directeur de l'hôtel nous a rappelé que nous devions être partis à 22 h 30, nous avons donc dit au revoir au propriétaire. Nous sommes rapidement rentrés à l'hôtel en appréciant les liens chaleureux et le délicieux repas qui nous a donné un sentiment d'appartenance à notre voyage au Viêt Nam.

En résumé, notre séjour au marché nocturne du week-end de Hanoï a été une plongée dans la culture, l'artisanat, la gastronomie et les divertissements de la ville. C'est un lieu incontournable pour tous ceux qui veulent s'imprégner de l'énergie de la vie nocturne et du shopping à Hanoï.

~:Jour 8:~ Retour à Kolkata

Il est certain que le soutien indéfectible de ma femme m'a donné la confiance et le courage d'entreprendre ce voyage au Viêt Nam, un souvenir que je garderai toujours précieusement. Alors que nous faisions nos adieux à la terre captivante du Viêt Nam, nos cœurs débordaient de souvenirs et d'une nouvelle admiration pour son charme. Le temps que nous y avons passé a été véritablement transformateur, soulignant les liens profonds entre l'Inde et le Viêt Nam et la résilience de l'esprit dans les moments difficiles.

Le dernier jour au Viêt Nam a été rempli de moments et d'expériences qui resteront à jamais gravés dans nos cœurs. La nuit précédente avait été un tourbillon de plaisirs alors que nous déambulions dans le marché de nuit, nous immergeant dans un mélange de cultures mondiales, savourant les traditions et les délices vietnamiens et nous délectant du mélange harmonieux de la musique locale et des vibrations internationales. Qu'il s'agisse d'assister à des spectacles de rue mettant en valeur le patrimoine vietnamien ou de savourer des plats indiens au Tandoor, chaque instant a été perçu comme un joyau précieux.

Notre matinée a commencé par un petit-déjeuner à 7h50 dans le réfectoire. La salle bourdonne de voyageurs, venus des quatre coins du monde, créant une tapisserie de cultures et de langues diverses. L'air était chargé d'odeurs de fleurs, accompagnées de mélodies vietnamiennes jouant doucement en arrière-plan.

La sélection de petits déjeuners était un assortiment de riz, de nouilles, de salades, de pain, de fruits, d'œufs, de viandes et de poissons qui répondait à tous les goûts. Des chefs compétents ont préparé des omelettes à la demande, avec une touche qui ajoute à l'expérience gastronomique. Notre repas a été complété par une variété de boissons telles que jus de fruits, lait, thé et café, ce qui a donné le ton à une journée productive.

Après un petit-déjeuner satisfaisant, nous nous sommes aventurés dans le jardin de la terrasse de l'hôtel pour immortaliser nos souvenirs par des photos. Bien que j'aie prévu de nager dans la piscine, la gêne et l'hésitation de ma femme nous ont dissuadés en raison de notre manque d'expérience en natation.

Après avoir quitté l'hôtel à 9 heures et fait nos adieux au personnel accueillant, nous nous sommes rendus à l'aéroport international de Noiboi pour notre vol de 12 h 10 à destination de Singapour. L'embarquement sur notre vol Singapore Airlines nous a permis de voyager avec des sièges réservés et un délicieux déjeuner servi à bord.

Alors que nous survolions le port de Singapour, la vue sur les eaux grouillantes de vie au-dessous de nous était impressionnante. La photographie de ces paysages envoûtants nous a permis d'apprécier les merveilles de la nature vues d'en haut.

À notre arrivée à l'aéroport international de Singapour à 15h02, nous avons embarqué avec enthousiasme sur notre vol à destination de Kolkata à 19h, anticipant un goût de chez nous avec un dîner servi pendant le voyage. Malgré le décalage horaire et la fatigue du vol, notre expérience de voyage a été enrichie par des sites captivants et de délicieuses spécialités culinaires.

En atterrissant à l'aéroport international Netaji Subhash Chandra Bose de Kolkata, vers 23h10 (IST), nous avons réfléchi à notre voyage avec un sentiment de satisfaction, appréciant les expériences significatives et les souvenirs précieux que nous avons accumulés tout au long de l'expédition.

"Si vous avez vingt-deux ans, que vous êtes en bonne forme physique et que vous avez envie d'apprendre et de vous améliorer, je vous conseille vivement de voyager, aussi loin et aussi largement que possible.

- Anthony Bourdain

Épilogue

Notre voyage au Viêt Nam a été vraiment remarquable et nous a ouvert les yeux. Nous avons été captivés par la résilience du pays, qui embrasse sa culture tout en se tournant vers l'avenir. La gentillesse et l'amabilité des habitants ont ajouté une touche à notre voyage. En quittant le Viêt Nam, nous avons emporté avec nous des souvenirs précieux et une nouvelle appréciation de la beauté de la diversité. Le Viêt Nam a laissé une trace dans nos cœurs. Nous sommes impatients de retourner dans ce pays enchanteur.

Explorer des régions connues du Viêt Nam pendant huit jours a été une aventure enrichissante qui m'a permis de me plonger dans l'histoire, les traditions et la splendeur naturelle du pays. La chaleur des gens et les paysages époustouflants ont laissé une impression durable dans mon cœur. En rentrant à Kolkata, je n'ai pas seulement ramené des souvenirs, mais aussi un lien profond avec cette incroyable nation. Cette expérience a mis en évidence la façon dont les voyages peuvent élargir nos perspectives et enrichir nos vies, m'incitant à rechercher des trésors dans les destinations, dans l'avenir - des lieux remplis d'histoires inédites et de moments inoubliables.

En repensant à notre voyage au Viêt Nam, je suis émerveillée par la magie de la découverte de lieux et de joyaux. Chaque jour était un mélange de traditions, d'aspirations modernes et de l'esprit de résistance d'une nation qui a courageusement relevé les défis.

Quand je pense aux rues de Hanoi, à la beauté de la baie d'Ha Long et à la riche histoire de Hoi An, il est vraiment étonnant de voir à quel point notre monde peut être diversifié et captivant.

L'exploration hors des sentiers battus nous a permis de découvrir des joyaux, au Viêt Nam, où nous avons vécu des moments qui ont gravé des souvenirs inoubliables dans notre voyage - en partageant des repas avec des habitants, en tombant à l'improviste sur des artisans talentueux ou en nous immergeant tout simplement dans la tranquillité de la nature. Ces expériences ont renforcé mon attachement à ce pays et à ses habitants d'une manière que je n'aurais jamais cru possible.

Voyager, ce n'est pas seulement cocher des destinations sur une liste de contrôle ; c'est aussi nouer des liens durables, acquérir des perspectives et embrasser la tapisserie qui rend notre monde si coloré. Le Viêt Nam a laissé une trace dans mon cœur, évoquant non pas des souvenirs, mais un sentiment d'émerveillement pour ce qui se trouve au-delà des horizons familiers. Au moment de conclure ce chapitre de mon journal de voyage, je suis reconnaissant pour les souvenirs partagés, la sagesse. Les relations tissées tout au long de notre voyage. Même si notre exploration du Viêt Nam s'est achevée, les souvenirs de son attrait, de sa résistance et de sa chaleur resteront gravés dans ma mémoire comme une source d'inspiration pour mes voyages et un rappel de l'enchantement que procure la découverte d'un lieu. En attendant de nous revoir au Vietnam, xin chào và tạm biệt, bonjour et au revoir.

Je voudrais conclure mon carnet de voyage par un poème en forme de Cinquain.

Vietnam

Voyage
Exotique, pittoresque,
Planifier, connaître, se détendre,
Le voyage le plus pittoresque que j'aie jamais fait,
Étranger.

Hoi An,
Ancienne, Ville,
Apprécier, explorer, tirer,
Elle porte en elle l'histoire,
Bord de mer.

Da Nang,
Romantique, pittoresque,
Voyager, s'amuser, séduire,
Le Golden Bridge m'a fasciné,
Point médian.

Cuisine,
L'eau à la bouche, délicieux,
Manger, savourer, regarder,

Bot Chien, Banh Khot, Goi Cuon en sont quelques exemples,

Le menu.

Quelques informations sur le Viêt Nam recueillies sur Internet avant de préparer mon voyage au Viêt Nam.

À la découverte des saisons vibrantes du Viêt Nam : Quelle que soit la période choisie pour visiter le Viêt Nam, ce pays enchanteur promet des expériences inoubliables, chaque saison offrant un charme unique. Tout au long de l'année, le Viêt Nam offre une tapisserie d'expériences, chaque mois dévoilant une nouvelle facette de ce pays captivant.

La haute saison

Lorsque vous planifiez votre voyage au Viêt Nam, pensez à la haute saison de juillet et août. Ces mois attirent les voyageurs avec des villes animées, des côtes immaculées et une riche mosaïque culturelle. Il faut toutefois s'attendre à une flambée des prix, en particulier le long des côtes pittoresques. Pour obtenir les meilleures conditions d'hébergement, il est conseillé de réserver longtemps à l'avance. Pendant cette période, l'ensemble du pays, à l'exception de l'extrême nord, baigne dans des conditions chaudes et humides, parfois interrompues par de spectaculaires averses de mousson estivales.

Juillet - Haute saison et spectacle pyrotechnique.

Le mois de juillet marque le début de la haute saison, avec une hausse des prix de l'hébergement et une plus grande affluence, en particulier dans les régions côtières. Le festival international des feux d'artifice de Danang, qui a lieu fin juin et début juillet, ajoute une touche d'émotion supplémentaire avec des spectacles pyrotechniques à couper le souffle.

Août - Tourisme de pointe et célébration culturelle

Le mois d'août est le mois de pointe pour le tourisme, attirant à la fois des visiteurs nationaux et internationaux. Les vols et l'hébergement doivent être réservés longtemps à l'avance. Le temps chaud prévaut, et les festivals culturels comme Trung Nguyen et le Festival des enfants offrent des expériences colorées et festives.

L'entre-saison à l'honneur

Pour ceux qui recherchent une expérience plus tranquille au Viêt Nam, la saison intermédiaire, qui s'étend de décembre à mars, est un choix délicieux. Pendant cette période, le temps est plus sec que pendant les mois humides de l'été. Toutefois, il convient de faire ses valises en conséquence, surtout si vous prévoyez d'explorer les régions septentrionales, où les températures sont fraîches. Dans l'extrême sud, il faut s'attendre à un ciel dégagé et à un soleil abondant. Cette saison permet de visiter agréablement des villes emblématiques comme Hanoi et Ho Chi Minh Ville, avec un temps fiable et des températures agréables. Il convient de noter la fête du Têt, qui se déroule généralement fin janvier ou début février, et au cours de laquelle le pays tout entier s'anime, avec toutefois une hausse des prix des hôtels.

Décembre - Préparer les fêtes de fin d'année

Le mois de décembre commence tranquillement mais devient plus animé vers le milieu du mois, surtout dans les destinations touristiques populaires. Réservez votre hébergement bien à l'avance pour les vacances de Noël. Le sud connaît un temps chaud, tandis que le nord peut être froid. Bien qu'il ne s'agisse pas d'une fête nationale, le jour de Noël est célébré dans tout le Viêt Nam, offrant une expérience unique dans des endroits comme Phát Diệm et HCMC, où la messe de minuit attire des milliers de personnes.

Janvier - Accueillir les merveilles de l'hiver

Lorsque le calendrier bascule en janvier, le Viêt Nam connaît une grande diversité de climats. Alors que l'extrême nord frissonne avec la possibilité de neige, les régions méridionales offrent des températures plus douces. Ce mois-ci, plongez-vous dans le délicieux festival des fleurs de Dalat, un événement spectaculaire qui comprend de somptueuses expositions florales, de la musique, des défilés de mode et un festival du vin très animé.

Février - Têt et contrastes régionaux

Le mois de février offre un contraste saisissant entre les régions du nord et du sud. Le nord, au nord de Danang, est balayé par des "vents chinois" froids et un ciel couvert, tandis que le sud bénéficie de journées chaudes et ensoleillées. Cependant, les voyages pendant le Têt, le Nouvel An vietnamien, peuvent être difficiles en raison de la forte demande de transport et des fermetures d'entreprises. N'oubliez pas que le Têt peut parfois tomber à la fin du mois de janvier.

Mars - La hausse des températures

Un ciel gris et des températures fraîches continuent d'affecter les régions situées au nord de HôiAn en mars, mais au fur et à mesure que le mois avance, le thermomètre commence à grimper. Pendant ce temps, dans le sud, la saison sèche commence à s'achever. Les amateurs de café doivent se rendre à Buôn Ma Thuộtpour le festival annuel du café, où les producteurs, les mouliniers, les mélangeurs et les aficionados du café se réunissent pour une célébration vibrante.

Explorer la basse saison

La basse saison au Viêt Nam, qui s'étend d'avril à juin et de septembre à novembre, invite les voyageurs aventureux à profiter d'un climat plus imprévisible. Pendant cette période de transition entre l'hiver et l'été, ou entre l'été et l'hiver, vous rencontrerez un mélange de splendides journées ensoleillées et de pluies occasionnelles. C'est la période idéale pour ceux qui préfèrent éviter les foules de touristes ou qui prévoient de faire un tour complet du pays. Remarquablement, le temps reste relativement agréable dans tout le Viêt Nam pendant ces mois, ce qui en fait une excellente occasion de découvrir les joyaux cachés du pays.

Avril - Festivals et météo favorable

Le mois d'avril est une période idéale pour explorer le Viêt Nam, car la saison des pluies hivernales s'estompe généralement. Ce mois offre une pléthore de festivals, dont le festival de Hue, qui présente des œuvres d'art, du théâtre, de la musique et des spectacles de cirque, et le solennel Thanh Minh (fête des morts), où les traditions ancestrales sont mises à l'honneur dans tout le pays.

Mai - Ciel tranquille et bénédiction de Bouddha

Le mois de mai est idéal pour visiter le centre et le nord du Viêt Nam, avec un ciel dégagé et des journées chaudes. La température de la mer devient accueillante et le tourisme reste relativement calme. Le festival Phóng Sinh, qui célèbre la naissance, l'illumination et la mort de Bouddha, est animé par des processions dans les rues et des lanternes qui ornent les pagodes.

Juin - Battre les foules et les retraites côtières

Le mois de juin est une période fantastique pour explorer le Viêt Nam, juste avant la haute saison du tourisme intérieur. Si l'humidité peut être un défi, les retraites côtières offrent un répit. Le festival de la mer de Nha Trang, qui a lieu deux fois par an au début du mois de juin, donne lieu à des festivals de rue, des expositions de photographies, des événements sportifs et des manifestations culturelles.

Septembre - Début de la basse saison

Le mois de septembre marque le début de la deuxième basse saison annuelle au Viêt Nam. Les stations balnéaires sont moins fréquentées et le temps est plus clément. Les célébrations de la fête nationale du Viêt Nam, le 2 septembre, et les festivités de la fierté de Hanoi ajoutent à l'atmosphère vibrante.

Octobre - Idéal pour les randonnées dans le Nord

Le mois d'octobre est une excellente période pour visiter le Grand Nord, avec un ciel dégagé et des températures douces propices à la randonnée. La région centrale connaît l'apparition de vents d'hiver et de pluies, tandis que le sud reste sec. Dégustez des gâteaux de lune pendant le Trung Thu (festival de la mi-automne), une délicieuse tradition célébrée dans tout le pays.

Novembre - Ciel ensoleillé et célébrations culturelles

Novembre est une période magnifique pour explorer HCMC, Mũi Né, le delta du Mékong et des îles comme Phú Quốc, où le soleil domine. Le festival khmer Ok Om Bok, dans le delta du Mékong, propose des courses de bateaux colorés qui mettent en valeur la culture locale.

Voici quelques conseils à suivre et à ne pas suivre lors d'un voyage touristique au Viêt Nam :

À faire

1. **Respecter les coutumes locales :** Soyez conscient des coutumes et traditions vietnamiennes et respectez-les, comme le fait d'enlever ses chaussures avant d'entrer dans la maison ou le temple d'une personne, de s'habiller modestement lors de la visite de sites religieux et d'utiliser les deux mains pour donner ou recevoir des objets.

2. **Apprenez des phrases vietnamiennes de base :** Apprendre quelques phrases de base en vietnamien, telles que "salutations", "merci" et "s'il vous plaît", peut s'avérer très utile pour montrer du respect et établir des relations avec les habitants.

3. **Soyez ouvert à la cuisine locale :** La cuisine vietnamienne est variée et délicieuse. N'hésitez pas à goûter les plats locaux comme le pho, le banh mi et les rouleaux de printemps frais proposés par les vendeurs ambulants ou les restaurants locaux.

4. **Négociez poliment :** Lorsque vous faites des achats sur les marchés ou que vous traitez avec des vendeurs, il est courant de négocier

les prix. Cependant, faites-le poliment et avec une attitude amicale.

5. **Habillez-vous correctement** : Bien que le Viêt Nam soit relativement libéral sur le plan vestimentaire, en particulier dans les zones urbaines, il est toujours respectueux de s'habiller modestement, en particulier lors de la visite de sites religieux tels que les temples et les pagodes.

6. **Emportez un peu d'argent liquide** : Bien que les cartes de crédit soient largement acceptées dans les villes et les zones touristiques, il est utile de disposer d'un peu d'argent liquide, en particulier dans les zones rurales ou les petits établissements.

7. **Attention aux escroqueries** : Comme pour toute destination touristique, il convient de se méfier des escroqueries telles que les surfacturations, les produits de contrefaçon ou les voyagistes non officiels. Renseignez-vous sur les entreprises réputées et méfiez-vous des offres trop belles pour être vraies.

8. **Respecter l'environnement** : Les Vietnamiens aiment beaucoup leur pays. Ils veillent également à la propreté du pays. Le Viêt Nam possède également de magnifiques

paysages naturels, des plages et des cours d'eau. Respectez l'environnement en ne jetant pas de détritus, en suivant les sentiers désignés et en soutenant les activités respectueuses de l'environnement.

À ne pas faire

1. **Ne manquez pas de respect aux symboles culturels :** Évitez de manquer de respect aux symboles nationaux, aux objets religieux ou aux coutumes. Par exemple, il ne faut jamais marcher sur de l'argent (qui représente les dirigeants nationaux) ou pointer ses pieds vers des personnes ou des objets religieux.

2. **Ne vous livrez pas à des démonstrations publiques d'affection :** Les démonstrations publiques d'affection sont généralement mal vues dans la culture vietnamienne, en particulier dans les zones rurales ou les communautés conservatrices.

3. **N'abordez pas de sujets sensibles :** Évitez d'aborder des sujets sensibles tels que la politique, la religion ou la guerre du Viêt Nam, sauf si vous êtes bien informé et que la conversation est bien accueillie par les habitants.

4. **Ne marchandez pas de manière trop agressive :** Bien qu'il soit courant de négocier les

prix, le fait d'être trop agressif ou conflictuel pendant le marchandage peut être perçu comme une impolitesse. Sur les marchés locaux en particulier, vous constaterez que les prix varient d'un étal à l'autre. Ne vous lancez pas dans des discussions, dites plutôt poliment que vous ne pouvez pas vous le permettre ou que vous aimeriez acheter un peu moins cher.

5. **Ne prenez pas de photos sans autorisation :** Les Vietnamiens sont généreux et acceptent volontiers que d'autres personnes tournent des vidéos ou prennent des photos avec eux. Mais il faut toujours demander la permission avant de prendre des photos de personnes, en particulier dans les zones rurales ou lors de cérémonies religieuses.

6. **Ne négligez pas les précautions sanitaires :** Comme tous les pays, le Viêt Nam présente également des risques sanitaires courants, tels que la malaria, etc. Emporter les médicaments et les vaccins nécessaires. Soyez prudent avec la nourriture vendue dans la rue, buvez de l'eau en bouteille et évitez les activités physiques inutiles si votre état de santé ne vous le permet pas.

7. **Ne soyez pas offensé par la franchise :** Le style de communication vietnamien peut être direct et

rapide, ce qui peut sembler impoli à certaines personnes. Essayez de comprendre les différences culturelles et ne vous offensez pas trop facilement.

8. **N'utilisez pas de gestes offensants :** Évitez d'utiliser des gestes ou un langage corporel offensants, car ils peuvent être mal interprétés et offensants.

Quelques conseils utiles pour voyager au Viêt Nam

Exigences en matière de visa : Vérifiez les conditions d'obtention du visa bien à l'avance. Le Viêt Nam exige généralement un visa pour la plupart des visiteurs, bien que certaines nationalités puissent être exemptées pour des séjours de courte durée. Le Viêt Nam propose un visa à l'arrivée pour certains pays et pour d'autres, il est nécessaire de réserver à l'avance.

Considérations météorologiques : Le climat du Viêt Nam est très varié. Vérifiez les conditions météorologiques des régions que vous comptez visiter, car le temps peut varier considérablement du nord au sud.

Précautions sanitaires : Assurez-vous d'avoir reçu les vaccins nécessaires avant de partir. Envisagez de souscrire une assurance maladie couvrant l'évacuation médicale, en particulier si vous prévoyez de participer à des activités aventureuses.

Monnaie : La monnaie officielle est le dong vietnamien (VND). Si les principales zones touristiques acceptent le dollar ou l'euro, il est préférable d'avoir de la monnaie locale pour les petits achats et dans les zones rurales.

Coutumes locales : Familiarisez-vous avec les coutumes et l'étiquette locales. Par exemple, il est poli d'enlever ses chaussures avant d'entrer chez quelqu'un ou dans un temple.

Transports : Le Viêt Nam dispose de plusieurs moyens de transport, dont les taxis, les motos et les bus publics. Faites appel à des compagnies de taxis réputées et négociez les tarifs à l'avance lorsque vous utilisez des motos-taxis.

La cuisine de rue : La cuisine vietnamienne est célèbre dans le monde entier. Goûtez à la cuisine de rue locale, mais veillez à ce qu'elle provienne de vendeurs propres et réputés afin d'éviter les maladies d'origine alimentaire.

Langue : L'anglais n'est pas très répandu en dehors des grandes zones touristiques. Apprendre quelques phrases de base en vietnamien peut être utile et apprécié par les locaux.

Respect de la culture : Le Viêt Nam possède un riche patrimoine culturel. Respectez les sites culturels, habillez-vous modestement lorsque vous visitez des temples et demandez la permission avant de prendre des photos de personnes.

Le marchandage : Le marchandage est courant sur les marchés et avec les vendeurs de rue. Commencez par une offre basse et soyez prêt à négocier pour parvenir à un prix équitable.

Sécurité : Le Vietnam est relativement sûr pour les voyageurs, mais il faut se méfier des petits vols, des escroqueries et de la circulation lorsque l'on traverse les routes. Mettez vos affaires en sécurité et soyez attentif à votre environnement.

Accès à Internet : Achetez une carte SIM locale ou un appareil Wi-Fi portable pour accéder à Internet pendant votre séjour. Cela peut être particulièrement utile pour naviguer et rester connecté.

Explorez les sites touristiques : Si des endroits comme Hanoi, Ho Chi Minh-Ville et la baie d'Ha Long sont très prisés, pensez à explorer des destinations hors des sentiers battus pour vivre une expérience plus authentique.

Sensibilisation à l'environnement : Soyez attentif à l'environnement. Évitez les plastiques à usage unique, soutenez les initiatives écologiques et laissez les espaces naturels dans l'état où vous les avez trouvés.

Assurance voyage : Envisagez de souscrire une assurance voyage qui couvre les urgences médicales, les annulations de voyage et la perte ou le vol d'effets personnels pour une plus grande tranquillité d'esprit.

Conseils pour organiser un circuit alternatif au Vietnam en 8 jours

On peut prévoir un plan de visite alternatif à celui que j'ai fait. L'organisation d'un voyage au Viêt Nam en 8 jours nécessite une réflexion approfondie afin de profiter au maximum de votre temps et de découvrir la diversité du pays. Voici un guide pour vous aider à planifier efficacement votre voyage :

Jour 1 et jour 2 : Hanoi

- Jour 1 : Arrivée à Hanoi, la capitale du Vietnam. La journée est consacrée à la découverte du vieux quartier, du lac Hoan Kiem et du temple Ngoc Son.
- Jour 2 : Visite des sites historiques tels que le Mausolée Ho Chi Minh, le Musée Ho Chi Minh, la Pagode du Pilier Unique et le Temple de la Littérature. Le soir, vous découvrirez la culture locale grâce à un spectacle traditionnel de marionnettes sur l'eau.

Jour 3 et jour 4 : Baie d'Ha Long

- Jour 3 : Voyage à la baie d'Ha Long (environ 3-4 heures de Hanoi). Faites une croisière dans la baie, explorez les grottes calcaires, faites du kayak et dégustez des fruits de mer à bord.
- Jour 4 : Poursuite de l'exploration de la baie d'Ha Long avec des activités telles que la baignade, la visite de villages flottants et l'admiration de

paysages époustouflants.

Jour 5 et jour 6 : Hoi An

- Jour 5 : Vol de Hanoi à Da Nang et transfert à Hoi An (environ 30 minutes en voiture). Explorez l'ancienne ville de Hoi An, connue pour son architecture bien préservée, ses rues éclairées par des lanternes et ses marchés animés.
- Jour 6 : Excursion à vélo dans les villages voisins, visite du sanctuaire de My Son (classé au patrimoine mondial de l'UNESCO) et dégustation de la cuisine réputée de Hoi An.

Jour 7 et jour 8 : Ho Chi Minh Ville (Saigon)

- Jour 7 : Vol de Da Nang à Ho Chi Minh Ville (environ 1,5 heure). Visitez les sites emblématiques tels que le Palais de la Réunification, le Musée des vestiges de guerre, la cathédrale Notre-Dame et le marché Ben Thanh.
- Jour 8 : Exploration des tunnels de Cu Chi, un réseau de tunnels souterrains utilisés pendant la guerre du Vietnam. En option, une excursion d'une journée dans le delta du Mékong vous permettra de découvrir la vie rurale et les marchés flottants.

Conseils supplémentaires :

- **Transfert :** Réservez vos vols et vos transferts à l'avance pour faciliter votre voyage.
- **Hébergement :** Choisissez des hôtels ou des logements chez l'habitant situés dans le centre pour plus de commodité.
- **Activités :** Donnez la priorité aux attractions incontournables, mais laissez de la place pour des explorations spontanées.
- **Nourriture :** Goûtez aux plats locaux dans les restaurants recommandés et essayez la nourriture de rue.
- **Budget :** Planifiez vos dépenses, y compris les repas, les activités et les souvenirs.
- **Météo :** Vérifiez les conditions météorologiques saisonnières et préparez vos bagages en conséquence.
- **Assurance voyage :** Souscrivez une assurance voyage pour avoir l'esprit tranquille pendant votre voyage.

- Ajustez l'itinéraire en fonction de vos intérêts et de votre rythme de voyage. Le Viêt Nam offre une riche tapisserie de culture, d'histoire et de beauté naturelle, garantissant un voyage mémorable !

A propos de l'auteur

Spondon Ganguli

Auteur de plusieurs livres captivants, dont Forgotten Love Unforgotten Love, Let Me Hold Your Hand, Do Not Leave Me, Whispers of Realms et Nightmare's Embrace, Spondon Ganguli prolonge son parcours créatif au-delà de l'écrit, grâce à un site web dynamique qui donne un aperçu de ses multiples talents d'éducateur et d'artiste. Pour en savoir plus sur l'univers captivant de Spondon Ganguli, consultez le site *https://spondonganguli.com/*.

www.ingramcontent.com/pod-product-compliance
Lightning Source LLC
LaVergne TN
LVHW041853070526
838199LV00045BB/1586